시어머니 유품정리

시어머니 유품정리

초판 1쇄 발행   2022년 12월 31일
초판 2쇄 발행   2023년 2월 15일

지 은 이   가키야 미우
옮 긴 이   강성욱
펴 낸 이   한승수
펴 낸 곳   문예춘추사

편   집   이상실
디 자 인   박소윤
마 케 팅   박건원, 김지윤

등록번호   제300-1994-16
등록일자   1994년 1월 24일
주   소   서울특별시 마포구 동교로 27길 53, 309호
전   화   02 338 0084
팩   스   02 338 0087
메   일   moonchusa@naver.com

I S B N   978-89-7604-568-3 03830

시어머니 유품정리

가키야 미우 지음 — 강성욱 옮김

문예춘추사

1

간신히 사 층에 도착했다.

숨이 턱밑까지 차오른다. 시어머니인 다키가 칠십 대 후반이 된 후에도 여전히 엘리베이터가 없는 단지에 계속 살았던 일을 생각하면 그 체력에 고개가 숙여진다. 그렇지만 남아도는 그 체력 덕분에 며느리인 나는 긴 세월 얼마나 고생을 했는지…….

그건 그렇고 유품정리는 며칠이나 걸릴까.

시어머니를 생각하면 제일 먼저 떠오르는 건 싼 게 비지떡이란 말이다. 그러니 쓰레기는 상당한 양에 이를 것 같다.

아, 어쩌면 쓰레기를 버리러 갈 때 이 계단을 오르락내

리락해야 하나?

당연하잖아. 엘리베이터가 없으니.

그 순간 공포감을 닮은 불안감에 휩싸였다. 오십이 넘은 무렵부터 모토코는 체력이 쇠퇴하는 걸 느낄 때가 많아졌다.

시어머니 장례식은 지난주에 갓 끝났다. 그토록 건강하던 사람이 뇌경색으로 허무하게 가버릴 줄 상상도 못 했다. 외아들인 남편은 늘 야근이 많아서 혼자 정리를 하러 다녀야 한다. 교외에 있는 3DK[1] 집은 전철역에서 버스를 갈아타야 하는 불편한 위치인데도 집세는 한 달에 팔십만 원이나 한다. 그걸 생각하면 한가롭게 있을 수 없다. 하루라도 빨리 정리해서 방을 빼지 않으면 아무도 살지 않는 집의 월세를 계속 내야 한다.

십여 년 전, 시아버지가 돌아가시자 시어머니는 이 층 단독주택을 팔고 같은 K시에 있는 이곳 단지로 이사 왔다. 그때까지 살던 집은 일 층에 커다란 하기다시 창[2]이 두 개나 있어서 나이든 여자 혼자 살기에 무섭다는 이유였다.

---

1 방 3개와 식탁을 놓을 수 있는 주방Dining Kitchen 하나.
2 방 안의 쓰레기를 쓸어서 밖으로 내버리기 위해 방바닥과 같은 높이로 만든 창문.

이사할 집을 아들 내외 가까이가 아닌 K시내로 정한 이유는 근처에 아는 사람이 많아서 그 동네를 떠나기 싫기 때문이라고 했다.

단독주택에 살던 무렵은 매달 손자를 데리고 놀러오라며 부르곤 했다. 하지만 이곳으로 이사를 온 후로는 아이가 훌쩍 자란 탓도 있겠지만 그다지 빈번하게 부르지 않았다. 그래서 모토코는 여기 단지의 일이나 주변은 별반 알지 못한다.

문 앞에 서서 호리우치 야스오라고 시아버지 이름이 적힌 명패를 바라보았다. 시아버지는 이곳에 산 적이 없지만 명패는 남자이름이 방범 상 좋다고 시어머니께 들은 적이 있다.

모토코는 가방에서 열쇠를 꺼내 열쇠구멍에 꽂았다.

순간 가슴이 아릿해진다.

시어머니가 없을 때 집에 들어가는 것은 처음이다.

묵직한 철문을 앞으로 당긴다.

강렬한 쓰레기 악취를 각오하고 있었는데 의외로 아무런 냄새도 나지 않았다. 겨울이어서일까 아니면 식재료는 모두 냉장고에 들어 있는 걸까.

발을 한 발 들여놓았을 때 나도 모르게 멈칫했다. 방 안 쪽에서 소리가 들린 것 같았다.

숨을 죽이고 귀를 기울인다.

스르륵, 창을 여는 소리? 아니면 닫는 소리?

누가 있는 걸까.

설마……

그러고 보니 언제인지, 위아래 층과 옆집 소리가 잘 들린다고 시어머니가 말한 적이 있다. 아무래도 단지가 지어진 지 사십 년이 지났으니 이상한 일도 아니다.

비좁은 현관을 내려다보니 운동화 두 켤레가 가지런히 놓여 있었다. 흰색 바탕에 보라색 꽃무늬 한 켤레, 다른 하나는 금색이다. 꽃무늬와 화려한 색을 좋아하는 사람이었다.

시어머니는 전쟁 후 아오모리의 여학교를 졸업하고 예의범절을 익히기 위해 상경했다고 했다. 당시는 신부수업을 위해 도시의 상류가정에 들어가 일을 하면서 예의범절과 가사를 배우는 풍조가 전국에 있었던 듯하다. 시어머니는 분교 구나 아라카와 구 같은 교육위원회 사무국장의 집에 한동안 지냈는데, 그 집 사모님의 소개로 철강회사에서 일하던 같은 아오모리 출신인 남편과 결혼했다. 그러니까 시어머니는 고향으로 돌아가지 않고 육십 년 이상이나 도쿄에서 살았다. 하지만 꽃무늬 운동화를 보면 알 수 있듯 세련된 도시적 감각은 끝내 몸에 익히지 못한 듯하다.

그런 시어머니에 비해 십오 년 전에 돌아가신 친어머니는 센스 있는 여성이었다. 평생 북쪽 지방에서 산 친어머니는 격식을 잘 구분했고, 수수한 편이지만 평소에 기품 있고 상질의 옷을 입었다. 꽃무늬 운동화 따위에는 눈길도 주지 않았다.

모토코는 시어머니의 화려한 운동화를 흘깃 보면서 검은색 부츠를 벗어 가지런히 두고 살그머니 복도로 발을 내딛었다. 도둑도 아닌데 살금살금 걸을 필요는 없지만 천정 부근에 시어머니 혼령이 떠다니고 있는 듯한 기분을 떨쳐 낼 수 없었다.

부재일 때 내가 사는 곳을 남들이 보는 건 누구라도 싫기 마련이다. 차를 같이 마시는 친한 친구가 와도 기껏해야 방안을 대충 둘러보는 정도일 테다. 그런데 원래는 남이던 며느리인 내가 서랍 속과 옷장과 벽장 안까지 전부 보려 한다. 하물며 멋대로 필요 불필요의 판단을 내리고, 쓸 만한 물건은 가져가고 필요 없이 여기는 물건은 가차없이 버리려 한다.

네 멋대로 버리지 말거라.

만일 시어머니가 살아 있으면 새된 소리로 화를 낼 것이다.

짧은 복도를 몇 걸음 옮기자 주방이 있고 바닥에는 종이상자 하나가 덩그러니 놓여 있었다. 들여다보니 즉석식품과 종이팩 사과주스 등이 빼곡히 들어 있다. 무슨 일이건 손이 빠르던 시어머니도 밀려오는 세월의 파도는 어쩔 수 없었나 보다. 식사 준비하는 게 성가셔졌는지 모른다.

싱크대에는 찻종지 하나와 찻주전자가 놓여 있다. 찻주전자 뚜껑을 열어 보니 차 찌꺼기가 말라비틀어져 있다.

냉장고 문에 손을 댔다.

"죄송해요. 열게요."

나도 모르게 나지막이 입속에서 속삭였다.

사후 세계 따위는 눈곱만치 믿지 않는데 하필 오늘따라 시어머니가 보고 있는 것 같은 기분을 떨쳐 낼 수 없다.

머뭇머뭇 냉장고를 열자 안이 어둑어둑할 정도로 식품이 잔뜩 채워져 있었다. 현관에서 여기까지 별로 먼지가 쌓여 있지 않아서 냉장고 안도 깔끔하리라 여긴 건 착각이었다.

통조림이 많다. 마멀레이드에 딸기잼과 블루베리잼, 땅콩버터에 흑임자 페이스트. 여름 밀감이라고 직접 쓴 스티커가 붙은 잼은 직접 만든 걸까.

안쪽에 연어 플레이크도 보인다. 조림을 담은 작은 병도 각양각색이다. 표고버섯이 들어간 김, 까나리, 성게, 도미살 된장, 잘게 썬 생강조림……. 족히 서른 개는 됐는데 모두 얼마 먹지 않아 조금밖에 줄지 않았다. 무슨 맛인지 맛을 보곤 입맛에 맞지 않았던 걸까.

그에 비해 친어머니의 취향은 확고했다. 잼은 영국가게의 딸기잼과 마멀레이드 두 종류, 조림은 교토 노포의 김과 잔멸치 산초볶음으로 정해져 있었다. 그것은 모토코가 철든 때부터 어머니가 돌아가실 때까지 쭉 변하지 않았다. 시어머니와 달리 친어머니는 식탐과는 무관한 사람이어서 호리호리하고 음식도 조금밖에 먹지 않았다. 뚱뚱한 시어머니는 아줌마나 할머니라는 호칭이 딱 맞지만 친어머니는 부인이라는 호칭이 어울리는 여성이었다.

냉동실을 열어 보니 고기와 생선이 있는데 서리가 끼어있다. 만두나 볶음밥 같은 냉동식품도 있다. 맨 아래 야채 칸에는 누레진 양상추와 시든 시금치가 있다. 빨리 처분하지 않으면 물러터질 것 같다. 그렇게 생각하고 손을 뻗으려다 흠칫 멈췄다.

"서두르는 건 금물이야."

친구인 후유미가 그렇게 조언을 했었다.

"있잖아, 처음엔 그냥 방들을 스윽 돌아봐. 그리고 꼼꼼하게 계획을 세우는 게 좋아. 무턱대고 손대기 시작하면 나처럼 골병이 들어. 유품정리라는 게 생각보단 훨씬 중노동이니 말이야."

후유미의 어머니는 오랫동안 혼자 살았는데 골절을 당한 후 휠체어 신세를 벗어나지 못하고 고향집 가까이에 있는 요양시설에 들어갔다. 빈집이 된 집을 치우기 위해 고향집을 찾았다가 채 정리를 마무리하기 전에 피로로 몸져눕고 말았다. 그도 그럴 것이 비행기와 버스를 갈아타고 고향집에 도착해서 곧바로 정리 작업에 들어갔고, 휴식을 취하는 것도 잊은 채 일하다 정신을 차리면 한밤중이라는 하루의 연속이었다고 했다.

며칠을 묵으며 강행군을 한 탓에 일주일 뒤에는 녹초가 되고 열까지 나서 결국 혼자 힘으로 정리하는 걸 포기하고 유품정리 회사를 불렀다고 한다. 이미 반 가까이 처분했는데도 칠백만 원이나 지불했다고 한다.

나는 그렇게 낼 수가 없다. 맨션 대출도 아직 남아 있고 아이 둘 모두 사립고에 보냈던 터라 예금도 별로 없다. 더욱이 대학원까지 진학한 딸은 작년에야 취직을 했다.

동갑인 남편은 사 년 뒤에 정년을 맞이한다. 남편은 회사생활에서 해방되는 날을 학수고대하고 있는 눈치지만 육십 이후에도 일을 하지 않으면 확실치는 않아도 생활을 유지해 나갈 수 있을 것 같지 않다.

나도 더 아껴야겠다고 생각한다. 하지만 한편으론 요즘 텔레비전이나 잡지에서 자주 회자되는 '건강 연령'이 오십 대 중반인 나에게 앞으로 몇 년이나 남았을까, 생각하면 내일부터라도 여기저기 여행을 다니고 싶어서 참을 수가 없다. 그것은 충동적이라고 해도 좋을 만큼 몸의 깊숙한 심연에서 솟아오르는 바람이다.

후유미도 나와 같은 생각인 듯 차를 마실 때마다 여행이야기로 달아오른다. 그러나 서로 실행에 옮기지 못하고 있다. 육아가 끝나면 자기 시간을 되찾을 수 있다고 생각했는데 부모님 간병과 손자를 돌봐 달라는 부탁 같은 일들이 꼬리에 꼬리를 물고 날아든다. 게다가 남편이 정년퇴직을 한 후의 생활을 생각하면 파트타임을 늘릴 수밖에 없는 경제상태이다.

후유미는 아들 때문에 알게 됐다. 이른바 아이 친구 엄마다. 시원시원하고 싫은 구석이 없는 성격 때문인지 멀지도 가깝지도 않은 교류가 삼 년이 넘었다. 그녀와는 공통점이 많다. 같은 나이였고 대학진학을 위해 지방에서 올라와 졸업 후에도 도쿄에서 취직하고 결혼을 했다. 나는 북쪽 지방에서 태어나고 자랐고 그녀는 산인 지방으로 동해쪽 특유의 높은 습도와 많은 눈에 향수를 느끼는 점도 똑같았고, 먹고 자란 생선 종류도 닮아 입맛도 맞았다. 우리 둘 모두 대학 친구와 결혼하고, 중견기업에 근무하는 남편의 그리 많지 않은 월급으로 살림을 꾸려나가고, 막내가 초등학교에 들어가자 파트타임을 시작한 점도 똑같다. 그리고 친정이 모두 지방의 명문가로 유복한 집에서 자란 점도 닮았다.

정신을 차리니 손으로 허리를 짚고 기지개를 펴고 있었다.

아직 아무것도 한 게 없는데 피로감을 느낀다. 이래서는 앞날이 뻔하다. 아침부터 긴장한 탓이야. 출근시간대의 혼잡한 전철을 타는 것도 오랜만이고, 죽은 사람 집에 멋대로 들어오는데 두려움 같은 걸 느끼고 있었기 때문일 거야.

우리 부부가 사는 맨션에서 여기 교외의 단지까지는 편도 한 시간 반이나 걸린다. 양쪽 모두 도쿄 도에 속하지만 치바 현에 가까운 동쪽에 사는 내 입장에서 보면 도심을 가로질러야 하는 서쪽의 교외 단지는 너무 멀다.

하지만 불평불만을 늘어놓아도 아무 소용이 없다. 어떻게든 정리하지 않으면 안 된다.

다시 정신을 다잡고 가지고 온 생수병의 물을 꿀꺽꿀꺽 마셨다.

후유미가 말한 대로 처음에 방들을 스윽 둘러보는 편이 좋을 것 같다.

3DK의 구조는 방 세 개 모두 다다미방이다. 6첩³ 방이 두 개, 4첩 반 방이 하나. 3첩의 주방 바닥은 옛날 생각이 나는 리놀륨이다.

주방과 거실을 구분하는 문을 살짝 열어 보았다. 어수선하지만 난잡하지는 않았다. 시어머니의 나이와 체력을 감안하면 훌륭한 편이다.

---

3   다다미 6개. 다다미 하나의 크기는 대략 910mm×1820mm.

"어머?"

공기가 따뜻하게 느껴지는 건 기분 탓일까.

흡사 방금 전까지 에어컨 난방이 켜져 있던 것처럼 느껴진다.

베란다를 보니 바지랑대에 걸어둔 걸레가 바람에 흔들리고 있다. 시어머니가 쓰러지고 삼 주 동안 두툼한 커튼은 열린 채인 듯하다. 레이스커튼 너머로 눈이 부실 만큼 햇빛이 들어오고 있다. 베란다가 남향이면 겨울에도 이렇게 따뜻하구나.

벽에는 오디오 선반이 있고, 그 옆에는 텔레비전과 불단, 커다란 책장, 방 한가운데는 코다츠[4]가 놓여 있고, 휠체어와 방석 옆에는 잡지와 신문이 산더미처럼 쌓여 있고, 처방전 봉투 따위도 많았다.

책장에는 책이 빼곡히 꽂혀 있었다. 맨 아래 칸에는 가장자리가 둥글게 닳은 북 케이스에 든 국어사전과 스무 권이나 되는 백과사전, 식물도감 등 고색창연한 책이 꽂혀 있다. 이런 책들은 고서점에서도 받지 않을 텐데. 보기에도 무거울 것 같은데 이것들도 쓰레기 버리는 곳까지 옮겨야

---

4 나무로 만든 탁자에 이불이나 담요를 덮는 난방 전열기구. 예전에는 탁자 아래 화로나 난로를 놓았으나 오늘날에는 전기난로를 설치해서 사용한다.

하나. 허리를 삐기 전에 허리보호대를 하는 편이 좋을 것 같다.

몇 년 전 허리를 삐끗했을 때 병원에서 받은 게 집의 서랍에 있을 것이다.

벽에 걸린 시디 선반을 보려고 방을 가로지르려 한 순간이었다.

코다츠 이불에 발이 걸려 넘어지려는 찰라 코다츠 상판을 손으로 짚었다.

어머, 따뜻하네?

이것도 햇빛 때문인가?

햇빛을 바로 받는 것도 아닌데 상판이 이렇게까지 따뜻하다니.

설마, 하고 생각하면서도 코다츠 이불을 들고 안으로 손을 집어넣었다.

"응?"

분명 따뜻했다.

이건 햇빛 때문이 아니야. 누가 방금 전까지 여기에 있었던 거야.

갑자기 등골이 오싹했다. 무서워졌다.

설마 그럴 리가…….

아, 그렇구나.

분명 요 삼 주 동안, 계속 전원을 켜 둔 게 틀림없다. 시어머니는 마트에 갔다 돌아오는 길에 기절해서 구급차로 옮겨져 그대로 입원을 했다. 그 후 이곳에는 돌아오지 않았다. 그날, 깜빡 코다츠 전원을 끄지 않고 마트에 간 거야. 그 후에도 시어머니가 입원한 동안 남편이 회사 퇴근길에 여기에 몇 번 들러 건강보험증이나 연금수첩, 은행 현금카드 등을 찾아 가지고 간 적이 있다. 그때 남편은 코다츠까지 신경을 쓰지 못했던 거야.

전원을 끄기 위해 바닥에 흩어진 잡지를 정리하면서 눈은 전선 코드를 더듬던 때였다.

"어머?"

양팔에 소름이 돋았다.

코드는 콘센트에서 뽑힌 채 바닥 위에 있었다.

어떻게 된 거지?

역시 방금까지 여기에 누가 있었던 건가?

현관문을 열었을 때 안쪽에서 발소리와 창문을 여닫는 것 같은 소리가 들렸는데, 그건 위아래 층이나 옆집 소리가 아니라 이 방에서 난 소리였나.

나도 모르게 숨을 죽였다.

도둑이 든 건 아닐까.

다음 순간, 모토코는 갑자기 가방을 꽉 거머쥐더니 주방을 가로질러 현관까지 내달렸다. 그리고 문을 활짝 열고 도어스토퍼로 고정했다.

그때였다.

"당신, 좀 이상해."

옆집에서 여자의 큰 목소리가 들려왔다.

그 큰 목소리로 깨달았다. 이 단지 안에 발을 들인 뒤로 말소리 하나 들리지 않았다는 사실을.

여기에 오는데 전철역에서 버스로 오 분쯤 걸렸다. 그 사이에도 도로는 누가 대절을 했나 싶을 만큼 텅 비어 있었고, 단지 입구에서 이 동까지 도착하는데 회관이나 몇 개 동을 지났는데 아무와도 마주치지 않았다. 마치 아무도 살고 있지 않은 것처럼 한적했다.

그러니 빈집털이가 노리기에 최적의 장소가 아닐까.

살펴보니 옆집 현관문이 가늘게 열려 있었다. 현관에 키가 크고 마른 여자의 뒷모습이 보인다.

옆집은 기초생활수급을 받고 있는 싱글맘이 산다고 시어머니한테 들은 적이 있다. 무직이고 심료내과 치료를 받고 있는데 외동딸은 작년 봄 고등학교를 졸업하고 부모 곁을 떠난 것 같았다.

"당신은 말만 그럴싸하게 하고 행동에 옮기지 않잖아."

화를 내는 사람은 시청 여직원인가. 기초생활수급에 의지하지 말고 자립하라고 충고하고 있는 걸까.

그렇다고 해도 저런 말투로 크게 소리치면 근방에 다 들린다. 싱글맘은 참을 수 없는 수치심이 들지 않을까. 아무리 그래도 응당 이웃에 대한 배려를 해야 한다.

"아무튼 추우니 안에 들어가서 얘기해. 혹시 남자라도 있나?"

마른 뒷모습의 여자가 그렇게 말해서 놀랐다. 아무래도 시청 공무원은 아닌 듯하다.

"지금은, 아무도 없지만"이라고 가냘픈 목소리가 들렸다.

지금은 없다는 건 남자가 오는 날도 있다는 말이다.

심료내과를 다니고 기초생활수급을 받는 신세면서 남자를 끌어들일 마음은 잘도 생기네. 방금까지의 동정이 한순간 반감으로 바뀌었다.

참, 지금 그런 일을 따질 게재가 아니다. 방안에 수상한 사람이 있을지 모른다. 아무라도 좋으니 안면을 터놓고 싶었다. 혼자 있는 게 무서웠다.

"저기, 죄송합니다."

모토코는 과감하게 말을 걸었다.

마른 여자가 이쪽을 돌아보았지만 흘겨보기만 할 뿐 아무 말이 없다. 느낌이 너무 좋지 않다. 게다가 표정에 어딘가 상스러운 데가 있다.

그때 포동포동한 여자가 마른 여자 옆에서 얼굴을 내밀더니 문을 활짝 열고 나왔다. 삼십 대 후반쯤일까. 짙은 핑크 부클레 소재의 긴 카디건을 걸치고 있었다. 귀여운 이목구비 때문인지 돼지라는 느낌은 없고 포동포동한 소녀 같은 귀여운 구석이 남아 있다. 발밑을 보니 맨발이었다. 핑크색의 잠옷인지 원피스인지 모르겠는 옷의 옷자락에는 나풀거리는 레이스가 달려 있다. 길이가 짧아 무 같은 하얀 허벅지가 훤히 보여 눈길을 돌렸다. 남자가 올 때도 있다는 말을 순순히 납득할 수밖에 없는 민망한 모습이었다.

문이 활짝 열려 있어서 방안이 훤히 보였다. 정면에 식기장이 보인다. 크고 멋있는 장이다. 그릇이 빼곡히 들어 있다. 내가 생각하던 기초생활수급을 받는 사람의 이미지와 다르다.

"안녕하세요. 무슨 일이세요?"

여자가 물었다.

"저는 호리우치 다키 할머니의 며느리인 모토코라고 합니다."

"역시 그랬군요. 처음 뵙겠습니다. 저는 나카타 사나에입니다."

사나에는 붙임성 있는 웃음을 지어 보였다.

"빨리 안으로 들어가자고."

마른 여자는 둘의 대화를 무시하듯 한층 재촉했다.

"알았어. 그런데 후미……."

사나에는 심약한 표정으로 비위를 맞추기 위해 웃음을 지으려 애를 썼다.

남들이 파고들 틈이 많은 타입으로 보인다. 후미라는 여자는 업신여기는 태도로 사나에를 노려보고 있다. 더욱이 사나에의 박복한 기운이 깃든 듯한 분위기는 남의 일이지만 걱정이 된다.

"이상하게 들리겠지만 이 근처에 빈집털이가 들었다는 얘기는 못 들었나요?"라고 모토코가 물어보았다.

"아니요. 못 들었는데요."

"그렇군요. 코다츠 안이 따뜻한 느낌이 들어서요."

그렇게 말하자 사나에는 나긋한 웃음을 보였다.

"도둑이 코다츠에서 한가롭게 몸이나 데울 일은 없을 것 같은데요."

"그건, 그렇지만."

"남향 방은 아주 따뜻해요. 저희도 난방이 필요 없어요. 게다가 사 층이면 아무리 도둑이라도 베란다를 통해 올라 오는 건 어려울 걸요"라고 말하며 도둑이 올라오는 모습을 상상하는지 웃음이 터지는 걸 참는 듯한 웃음을 지었다.

"그러네요. 여긴 사 층이네요."

베란다에 접한 창호의 잠금장치 하나가 망가졌다는 건 시어머니에게 들었다. 벌써 몇 년도 더 됐는데, 그대로 두면 베란다로 도둑이 든다고 말해도 시어머니는 그대로 두어도 방범 상 문제가 없다고 했다. 배관이 건물 밖이 아닌 내장되어 있어서 도둑이 배관을 타고 올라올 수 없다. 또 앞 동에서 훤히 보이고 밤에는 실외등이 베란다를 환히 비춘다는 이유였다.

역시 신경과민이었나. 주변이 너무 조용해서 소리에 민감해진 건지 모른다. 또 멋대로 시어머니 집에 들어온 죄책감이 들어 신경질적이 된 거야. 마음을 좀 다잡아야겠다.

그때 후미가 갑자기 아 하며 손가락을 튕겼다.

"사나에, 만난 김에 그거 돌려줘."

"맞다. 맞어"라며 사나에가 이쪽을 힐긋 눈을 치켜뜨며 보았다. "할머님에게 맡아 놓은 게 있어요. 잠깐 여기서 기다려 주세요."

그녀는 일단 자기 방으로 들어가더니 갈색 모피 같은 물건을 가슴에 안고 나왔다.

긴 귀와 털로 뒤덮인 동그란 눈동자가 보였다.

"이거예요."

인형인 줄 알았는데 코가 벌렁벌렁 움직인다.

살아 있는 토끼였다.

"아주 무거워요. 안아 보실래요?"라고 말하며 다가온다.

가까이서 보자 깜짝 놀랄 만큼 컸다.

"맡고 나서 살이 찐 게 아니에요. 본래 살이 쪘어요. 정말이에요."

사나에가 변명처럼 말한다.

"온천여행을 가니 잠시 맡아 달라고 부탁했어요. 여행에서 돌아온 날 선물을 가지고 제집에 들리셨는데, 마트에 물건을 사러가니 토끼는 저녁에 데리러 다시 온다고. 그런데 마트에서 돌아오는 길에 쓰러지셨어요. 토끼를 지금 돌려드리고 싶은데요."라고 사나에가 조심스레 말하자 "별소리를 다하네. 어서 돌려드려"라고 후미가 말한다.

시어머니가 토끼를 기른다는 말은 듣지 못했다. 나나 남편이 가끔 들렀는데 이제껏 토끼를 한 번도 본 적이 없다.

"돌려주라니까. 사나에는 아파서 자기 일도 벅차잖아."

심료내과 치료를 받는 사람에게 토끼를 기르는 일은 위안이나 삶의 보람을 주지 않을까. 아니면 반대로 부담일까.

모토코는 토끼를 물끄러미 바라보았다.

어쩐지 토끼에게 손을 내밀지 못하고 망설이고 있으니 "집의 정리가 끝날 때까지 제가 돌봐 드릴까요?"라고 사나에가 물었다. 옆에서 후미가 그것 보란 듯 혀를 크게 찬다.

"그게, 고맙습니다. 부탁드립니다."

고개를 숙였지만 내심 석연치 않았다.

토끼는 정말 시어머니가 기르던 걸까. 사나에 것이지 않을까. 애완동물가게에서 보고 '어머, 귀여워'라며 요란을 떨다 앞뒤 생각하지 않고 덥석 산 게 아닐까. 처음에는 작고 귀여웠지만 운동부족과 사료를 너무 많이 준 탓에 살이 쩌 순식간에 감당할 수 없게 됐다. 그리고 지금 이때다 싶어 아무 사정도 모르는 옆집 며느리를 속여 누더기 같은 토끼를 떠맡기려는 게 아닐까.

자꾸만 내 상상이 틀리지 않다는 생각이 든다.

방에 돌아오자 마음이 한층 무거워졌다.

아무리 생각해도 토끼는 절대로 거두고 싶지 않았다.

"아무튼 지금은 그것보다……."

심호흡을 하고 억지로 마음을 고쳐먹었다.

한가롭게 있을 수 없었다. 이 집은 임대이기 때문에 시간은 곧 돈이다. 좌우간 방들을 둘러보고 어떻게 정리할지 방법을 생각해야 한다.

지금까지 이곳에 몇 번이나 왔는데 늘 거실에 머물렀다. 생각하면 거실과 주방 말고 방을 본 적이 없다.

마음을 다잡고 방으로 돌아왔다.

"안쪽 방부터 차례로 보자."

짧은 복도 끄트머리에 합판문이 있다. 오래돼서 분명 삑

뻑할 것이다. 그렇게 생각하고 힘껏 문고리를 당겼는데 너무나 가벼워 그만 뒤로 넘어질 뻔했다. 뻑뻑해서 열기 힘들 것이라는 생각과 달리 문은 제대로 닫히지 않고 덜컹덜컹 흔들렸다.

안으로 한 발 들여놓자 그곳은 옷장 방이라고 불러도 될 방이었다. 양쪽 벽에 커다란 옷장이 죽 늘어서 있다. 창이 커서 방안은 어둡지 않은데 압박감이 들고 방이 비좁게 느껴졌다. 이렇게 많은 옷장이 있는데도 옷들이 다 들어가지 않는지 방 한가운데는 커다란 폴 행거가 떡하니 진을 치고 있었고, 재킷이나 스웨터나 슬랙스 등이 뻑뻑하게 걸려 있다. 바닥에는 오래된 신문과 통신판매 팸플릿과 빈 상자나 접어둔 골판지 등이 빼곡하게 있어 바닥이 거의 보이지 않는다.

그 속에서 빈 곳을 찾아 한 발씩 앞으로 나가다 간신히 창가에 이르러 창을 활짝 열어젖혔다. 그리고 마음속으로 기합을 넣은 뒤 벽장문을 힘껏 열었다. 재빨리 안쪽을 들여다보았으나 물건이 가득해서 사람이 숨을 공간은 없는 것 같다.

사나에와 이야기를 하고 여기에 도둑은 없다고 납득했

으나 혼자 있으니 다시 무서워졌다. 코다츠의 온기가 아무래도 마음에 걸린다.

혹시 수상한 사람이 있을지 모른다는 상상만으로 심장 소리가 들리는 것만 같았다.

숨을 죽이고 과감히 양복 옷장의 문을 양옆으로 동시에 열었다. 양복이 빼곡하게 걸려 있는 안쪽에 누가 숨어 있을 것 같은 생각을 지울 수 없다. 문득 옆을 보니 이런 곳에 무슨 연유인지 우산 몇 개를 한데 묶어 놓아두었다. 우산 꽂이에 다 들어가지 않는 우산일 테다.

"어머니, 혼자 사는데 왜 이렇게 우산이 많죠?"

"필요 없는 물건은 좀 평소에 버리세요. 정말이지, 휴우."

그 중에서 하나를 뽑아 옷장 안 여기저기 쑤셔 보았다.

아무것도 걸리는 게 없다. 촉감도 없다.

안심했다. 여기도 괜찮은 것 같다.

작은방에 들어가 보았다. 아마 침실로 사용한 것 같다. 앞방과는 달리 가구가 적고 아주 말끔했다. 창을 활짝 열고 벽장문을 단숨에 열었다.

'어머니, 이게 뭐에요. 대체 가족이 몇 명이에요.'

그렇게 말하고 싶을 만큼 이불이 몇 채나 들어 있었다.

오래된 단지여서일까 방마다 옛날처럼 큰 벽장이 있고 친절하게도 작은 벽장까지 딸려 있다. 기껏 3DK라고 방심했는데 수납공간은 상상 이상으로 널찍했다.

그러고 보니 거실 벽장은 아직 보지도 않았다.

거실로 돌아와 벽장을 열자 상단 한쪽에 방석이 열 개쯤 들어 있다. 그 옆에는 플라스틱 의류상자가 몇 단이나 쌓여 있고, 또 그 옆에는 빈 만두상자 등이 쌓여 있다. 하단에는 선풍기나 약상자나 난방용 카펫 등속이 난삽하게 들어 있다.

옆집에서 말소리가 들려왔다. 두꺼운 철문 너머로 후미의 목소리가 들린다. 그런데 사나에의 목소리가 들리지 않는 것을 보면 후미가 일방적으로 말하고 있는 듯하다. 심약한 사나에가 찍소리도 못 하고 있는 건 아닌지 걱정됐지만 그래도 지금은 후미의 목소리가 안도감을 가져다주었다. 수상한 사람이 있는 건 아닌지 하는 의심은 거의 사라졌지만 그럼에도 가까이에 얼굴을 아는 사람이 있다고 생각하면 마음이 든든했다.

벽장 안에 쌓여 있는 빈 상자를 몇 개 열어 보니 길거리에서 받은 휴대용 티슈가 가지런히 들어 있거나 병원에서 받은 한방약들이나 카야마 유조의 낡은 콘서트 팸플릿 몇 개 등등 가지각색이다. 아무튼 망설이지 않고 버릴 수 있는 물건뿐이다.

작은 벽장에는 무엇이 들어 있을까.

주방 의자를 가지고 와 그 위에 올라가서 천장 가까이에 붙은 작은 벽장문을 열었다. 갈색으로 변색된 크고 작은 상자들이 들어 있다. 벽장문이 작아서 안에도 별다른 건 없으리라는 생각은 큰 착각이었다. 벽장의 경우는 위쪽이 비어 있는 방도 있지만 작은 벽장은 천정까지 빈틈없이 물건이 들어 있다.

상자 하나를 꺼내 바닥에 내려놓았다. 해를 거듭하며 쌓인 먼지가 딱딱하게 굳어 있다.

오랜 세월 잠들어 있던 먼지가 눈뜨지 않도록 열십자로 묶은 끈을 조심스레 풀고 뚜껑을 열자 멋있는 손궤가 나왔다. 얇은 종이에 쌓인 나전칠기인데 장인의 사진이 박힌 팸플릿이 들어 있는 걸 보면 사용하지 않은 듯했다.

다른 상자도 몇 개 내려 보니 아리타[5] 도자기와 구타니[6]

---

5   도자기로 유명한 사가 현에 있는 지역. 보통 아리타야키라고 불리며, 임진왜란 당시 일본에 끌려온 이삼평이 창시자이다.
6   이시가와 현에 있는 지역.

도자기, 하기[7] 도자기 등의 다기 세트가 차례로 모습을 드러냈다. 안쪽을 보니 갈색으로 변색된 커다란 오동나무 상자가 세 개 있다. 앞으로 끌어당겨 하나씩 가슴에 안고 의자에서 넘어지지 않게 조심조심 내렸다.

바닥에 내리고 열자 청자항아리가 나왔다. 다른 하나는 쪽빛 항아리다. 가장 큰 상자에서는 구름이 흘러가는 모습을 그린 멋있는 항아리가 나왔다. 호화로운 저택의 현관에 나 어울릴 법한 물건이다.

이전에 살던 주택에서도 장식하지 않았던 듯하고 상표가 붙어 있는 걸 보면 이것들도 사용하지 않은 듯하다. 사용하지 않을 거면 왜 샀을까. 시어머니는 서민적인 사람이어서 이런 비싸 보이는 물건을 충동적으로 구매했을 리가 없다.

상자를 차례로 열어 보았지만 집에 가져가고 싶은 물건은 하나도 없었다. 모토코의 맨션은 작년 연말에 깔끔하게 정리정돈을 한 상태여서 불필요한 물건을 집에 들이고 싶지 않았다.

그릇도 충분하고 다기 세트도 있고 애초에 다기는 한 세

---

7   야마구치 현에 있는 시. 하기 시와 나가토 시에서 만들어지는 도자기를 하기야키라고 하며, 임진왜란 때 건너온 이작광과 이경 형제가 창시이다.

트만 있으면 충분하다. 하물며 남편과 둘이서 생활하고부터는 녹차나 커피나 홍차나 모두 머그컵으로 마신다. 후유미의 집에 놀러 가면 항상 맛있는 커피를 내려 주는데 거기서도 항상 머그컵이 나온다.

요즘은 텔레비전에서도 그릇이 팔리지 않는다고 한다. 요즘 젊은 세대는 차뿐만 아니라 그릇도 사지 않는 것 같다. 맞벌이가 흔해지고 설거지를 하는 시간과 품을 줄이기 위해 원 플레이트로 끝낸다고 한다.

그렇지만 센스가 돋보이는 물건이면 집에 가져갈 작정이었다. 그 대신 집에 있는 비슷한 물건을 처분하면 된다고 생각했다. 하지만 그런 물건은 보이지 않는다. 모두 국산이라 품질은 좋아 보이지만 오래된 느낌을 지울 수 없다. 오래됐다고 해도 향수와 낭만을 느끼게 하는 골동품이면 몰라도 단순히 시대에 뒤쳐진 느낌만 풍기는 물건들뿐이다.

아이가 어렸을 때라면 분명 고마워하며 가져갔을 것이다. 예전에는 접시를 자주 깼다. 어린아이를 키우던 시절에는 그릇을 최대한 빨리 씻으려다 유리를 깨거나 찻잔 끄트머리를 깨는 일이 흔했다. 하지만 아이가 하나둘 대학생이 된 무렵부터 그릇을 깨는 일은 드물었다.

그래서 아무리 생각해도 지금의 우리 집에 새 그릇은 필요 없다. 그래도 역시 아깝다.

상자가 갈색으로 변색되고 상자 한편에 벌레 먹은 흔적이 있다고 해도 물건 자체는 새것이니 말이다.

"그래도, 필요 없어."

그러니 과감하게 버리려 한다. 하지만 한 아름이나 되는 도자기 항아리를 어떻게 버려야 할까. 종량제 쓰레기봉투를 활짝 벌린 다음 번쩍 들어서 안에 넣어야 한다. 그리고 쓰레기봉투 채 품에 안고서 계단을 천천히 내려가 쓰레기 버리는 곳까지 옮겨야 하나. 커다란 항아리 때문에 앞이 안 보이니 계단에서 발을 헛딛지 않도록 조심해야 한다. 항아리와 함께 넘어지면 운동부족으로 유연성을 잃은 몸이 크게 다칠 것 같다.

그럼 차라리 이삿짐센터를 불러 집까지 옮기면 어떨까. 그렇게 하면 이삿짐 직원들이 옮겨줄 테니 쓰레기장까지 가져가지 않아도 된다.

그런데 어차피 쓰지도 않는데 집까지 옮겨서 어쩔 심사?

정리정돈한 지 얼마 되지 않아 깔끔한데…….

아, 골치 아파.

나도 모르게 눈앞에 있는 항아리를 혐오스럽게 노려보았다.

'어머니, 제 입장도 좀 생각해 보세요.'

마음속으로 그렇게 뇌까리며 천정 구석을 올려다보았다.

버리는 일만 큰일이 아니에요. 좋든 싫든 아깝다는 마음까지 떠안아야 해요. 그런 건 알고 계세요?

어머니, 아무리 인내심 강한 게 유일한 장점인 저도 벌써 싫증이 나 버렸어요.

어느덧 보란 듯 크게 한숨을 내쉬었다. 마치 바로 앞에 시어머니가 있는 것처럼.

맨션 집에도 방마다 벽장이 있지만 이 단지 벽장만큼 깊이는 아니다. 작은 수납 방이 있지만 계절 침구나 의류나 아이들이 신중하게 고른 추억 용품을 보관하는 게 한계다.

어머니, 저희 맨션 수납 방은 시골 부농의 창고와 달라요. 3첩밖에 되지 않아요. 그런데 영원히 쓰지 않을 물건을 넣어 두기는 건 제 평소 신념에도 반하는 일이에요.

그래도…… 일단 집으로 옮기고 나서 버리면 어떨까.

맨션에는 엘리베이터도 있고 손수레도 있으니 여기서

버리는 것에 비하면 그다지 큰일도 아니야. 게다가 우리 구에서는 쓰레기 버리는 게 무료잖아. 그래서 이웃들은 모두 마트의 봉지 등에 넣어서 쓰레기를 배출하고 있어. 여기 K시의 쓰레기 배출은 유료라서 열 장들이 쓰레기봉투가 팔천 원이나 해. 그렇게 따지면 봉투 값만 몇 십만 원이 들거야.

그렇다고 해서, 아무 거나 집으로 옮기면 쓰레기봉투 값은 무료지만 이사비용이 비싸게 들잖아.

모토코는 다시 의자에 올라 작은 벽장 안을 들여다보았다. 아까 열었던 상자는 극히 일부였다. 똑같은 상자들이 안쪽에 죽 늘어서 있다.

이상하기만 하다. 쓰지도 않는데 시어머니는 왜 이런 물건을 계속 사들인 걸까. 벽장에 넣은 채였던 걸 보면 샀던 일 자체를 잊어버린 게 아닐까. 예전에 살던 단독주택에서 이사 올 때 힘들게 가져온 걸까.

저기요, 어머니. 이사할 때가 물건을 처분할 절호의 기회에요. 그런 좀처럼 없는 절호의 기회를 놓치다니, 정말이지 대체 무슨 생각이세요.

전쟁 중이나 전후, 물건이 부족한 시절을 살아온 노인이 물건을 그리 쉽게 버리지 못하는 이유는 지금의 젊은 세대도 알고 있다. 단샤리[8]라는 말이 유행하면서 여기저기서 시어머니 세대가 비난의 대상에 오르곤 했다.

어머니, 매정하게 들리겠지만요.

힐끗 눈을 치켜뜨고 천정 귀퉁이를 본다. 시어머니가 무서운 얼굴로 이쪽을 노려보는 기분이 들었다.

음, 저기 말이죠. 자기가 자란 시대가 어떻든 거기에 안주하는 건 변명의 여지가 없다고 저는 생각해요. 뭐, 세월은 매정하게 흘러가잖아요. 게다가 컴퓨터가 나오고부터는 세상이 변하는 속도가 점점 빨라지고 있어요. 어머니, 저는요, 이래 봬도 시대에 뒤쳐진 아줌마가 되지 않게 매일 노력하고 있어요. 가라케[9]에서 스마트 폰으로 바꾼 것도 그렇고, 잡지나 신문을 읽다 모르는 말이 나오면 곧장 구글링을 해요.

불현듯 천정 부근에 있는 시어머니가 비웃는 기분이 들었다.

어머니, 적당히 하세요. 구글링이라는 말은 사투리가 아

---

8   2009년 무렵부터 일본에서 유행한 필요 없는 물건을 끊고(斷), 버리고(捨), 집착에서 벗어나는(離) 생활을 지향하는 삶의 방식. 미니멀 라이프.
9   갈라파고스 휴대폰의 줄임말. 세계표준과 동떨어져 뒤쳐진 일본의 휴대폰을 비꼬는 말.

니에요. 그렇게 항상 저를 시골촌뜨기라고 무시하시더니. 본인도 시골 출신인 주제에 정말로 화가 나요.

그러니까 제가 하고 싶은 말은요, 모르는 건 그냥 내버려 두지 말고 바로바로 검색을 하면 자기도 모르는 사이에 지식이 축적되어 가요. 그렇게 하는가 안 하는가에 따라 십 년 후, 이십 년 후에 커다란 차이가 생긴다고 저는 생각해요.

뭐, 제가 아무리 강조해도 별 의미가 없겠지만요. 뭐, 어머니는 며느리의 말에 귀를 기울인 적이 단 한 번도 없었지요.

"아, 치우는 제 입장도 한 번 생각해 보세요."

아무도 없는 방에서 소리를 내서 말했다.

벽장의 극히 일부만 살펴보았는데 벌써 진저리가 난다.

안쪽 방에는 신문과 잡지와 골판지 등이 잔뜩 쌓여 있을 테다. 그 생각만 해도 나도 모르게 한숨이 새어 나왔다. 그것들을 어떻게 쓰레기장까지 옮길까.

사전에 인터넷에서 K시의 쓰레기 배출방법을 조사했다. 거기에 따르면 이 지역의 재활용 쓰레기 수거일은 한 달에 두 번인데 유감스럽게도 수요일이다. 따라서 남편의 도움은 받을 수 없다. 야근이 많은 직장인에게 퇴근 후 밤늦게 도쿄를 횡단해서 이곳까지 와 무거운 짐을 쓰레기장까지 옮기게 하는 건 마음이 내키지 않는다. 요즘 남편은 피곤에 절어 누더기 같은 얼굴을 하고 있다. 나도 일을 하지만 주 사일의 파트타임인데, 열 시부터 다섯 시까지 근무하며 잔업은 거의 없고 일도 어렵지 않다. 오십 대 중반인 지금, 남편처럼 매일 아침 아홉 시부터 밤늦게까지 일하는 중년 직장인을 더없이 존경하게 됐다. 체력적으로 힘이 들 텐데 열심히 산다고 생각한다.

"엘리베이터가 없는 게 원망스럽네요."

말해도 소용없지만 그래도 자꾸 말하고 싶어져, 아무도 없는 방에서 또 말했다. 작게 속삭이지 않고 또렷하게 소리를 내어 말했다. 천정 부근에 있는 시어머니 혼령에 들려주고 싶었다.

혼자 한 번에 옮길 수 있는 양은 뻔했다. 계단을 대체 몇 번을 왕복해야 할까.

어머니, 왜 이렇게 물건들을 쌓아 두셨어요?

조금씩 버렸으면 좋았잖아요.

시간은 충분했을 거예요. 통신판매 디엠으로 산 물건만

해도 뜯지 않은 것 투성이잖아요. 이것들도 일일이 비닐포장을 뜯어 플라스틱과 종이류로 분류하지 않으면 안 돼요. 배달 받은 그날 분류하면 큰 품도 들지 않는데 이렇게 산더미처럼 쌓여 있으면, 그것도 그런 산더미가 몇 개나 되니…… 아, 정말 골치 아파요.

저기, 어머니 이렇게 될 건 예전부터 예상하셨지요.

언젠가 제가 어머니께 말했죠.

신문은 그만 구독하는 게 좋지 않을까요. 통신판매 잡지의 디엠도 끊는 편이 좋아요. 제가 전화해 드릴까요.

저는 아직도 잊지 못해요. 그때 어머니의 표정을.

"애야, 너 혹시 내가 죽은 뒤의 뒤처리를 생각하고 있니?"

흡사 이제야 며느리의 정체를 알았다는 듯한 날카로운 눈초리셨죠.

"어머니, 설마. 그건 오해세요. 바닥에 물건을 놓아두면 걸려서 넘어지기도 하잖아요. 그래서 저는 어머니를 위해서……."

당황해서 변명하는 저를 어머니는 전혀 믿지 못하겠다는 표정으로 바라보셨죠. 그리고 갑자기 진지한 얼굴로 말씀하셨어요.

"거절할 수가 없다. 그 신문판매점은 마츠이 씨 아들이 하고 있는데 이런 불경기 속에 계약 건수가 줄면 불쌍하잖니."

이렇게 나긋하게 말을 하고는 눈을 치뜨며 이쪽을 힐긋 보았다. 고양이 눈처럼 표정이 획획 바뀌는 사람이었다.

"다스킨[10]도 거절할 수 없단다. 유리 씨 남편이 하고 있어서."

만약 시어머니가 아니라 친어머니였다면 단호하게 말했을 것이다.

"남은 사람의 입장도 생각해 봐요."

아니, 친어머니한텐 말할 필요도 없었다. 시어머니와 달리 유족의 부담을 잘 알고 있는 사람이었다. 친어머니가 돌아가셨을 때는 책상 위에 반지 하나가 덩그러니 남겨져 있을 뿐이었다. 늘 늠름했고 자기 자신을 규제해 온 일생이었다. 그런 어머니를 딸로서 자랑스럽게 여긴다.

그에 비해 시어머니는…….

기껏해야 작은 3DK, 기껏해야 오십 평방미터, 우리 부

---

10 청소용품 임대 및 가사 대행 서비스 등을 하는 주식회사.

부의 맨션에 비하면 채 반도 안 되는 크기라 정리하는데 그다지 큰일이라고 여기지 않았다.

하지만 어리석었다. 방은 작아도 물건은 우리들 몇 배나 됐다.

쉬는 날만 이곳에 오면 반년은 걸릴 테다. 집세 팔십만 원을 앞으로 반년이나 계속 내야 한다니 어림없는 소리다.

가슴 깊은 곳에서 무언가가 울컥울컥 치밀어 오른다.

서두르는 건 금물이야.

다시 후유미의 말이 머릿속에 떠올랐다.

후유미, 이곳을 완전히 비워야 해. 이렇게 물건이 많은데 여기를 떠날 때는 아무것도 남기면 안 된다고. 대체 어떻게 치우면 좋을까.

거실에서 주방으로 돌아와 의자에 앉아 주방을 둘러보았다.

문득 불길한 예감이 들었다. 냉장고 안은 보았는데 싱크대 아래와 상부장은 아직 보지 않았다.

머뭇머뭇 싱크대 하부장 문을 열어 보자 프라이팬과 냄비가, 혼자 산다고는 생각되지 않을 만큼 몇 개나 있었다. 그 옆에는 천 그램짜리 샐러드유가 세 개, 참기름 두 개, 갓 쓰기 시작한 간장병도 있다.

샐러드유 한 병을 살펴보니 유통기한이 육 년 전이었다. 평소라면 유통기한은 무시하고 요리에 사용하는데, 육 년 전이면 이야기가 다르다. 캔이라면 몰라도 플라스틱 용기는 버릴 수밖에 없다.

프라이팬도 살펴보니 옛날 같이 무거운 무쇠가 대부분이다. 안쪽에는 매실 장아찌를 넣는 항아리가 몇 개 있고, 질냄비는 크고 작은 걸 합쳐서 자그마치 아홉 개나 있다.

정말이지 어머니, 어디서부터 손대면 좋을까요.

일단 따듯한 차를 마시고 조금 진정하고 생각을 하자.

잘 아는 집이라는 듯 주전자에 물을 끓이며 여기저기 수납장을 열어 티백차를 찾아냈다.

머그컵은 어디 있을까. 큼지막한 식기장 문을 여기저기 반복해서 여닫는 중에 엄청난 양의 그릇이 있다는 사실을 알았다.

어머니, 집에 가족이 열 명은 되나 봐요.

이렇게 비꼬고 싶어졌다.

농담이 아니고 손님 열 명이 와도 곤란하지 않을 양의 그릇이 있다. 그 위에 유아용 그릇과 아이용 젓가락까지 있는데 낯이 익다. 아들인 마사히로가 아기였을 무렵, 놀러 오는 손자를 위해 시어머니가 산 것이다.

대체 무슨 생각이세요.

이런 건 이사 올 때 버리면 좋잖아요.

저기 어머니, 마사히로는 이젠 서른이에요.

그런데 그릇이 원래 이렇게 무거운 건가. 쓰레기봉투에 꾹꾹 담았더니 들 수가 없다. 게다가 봉투가 금방이라도 찢어질 것 같다. 이걸 쓰레기장까지 옮기긴 힘들다. 접시를 몇 개씩 나누어 넣는 수밖에 없을 것 같다. 하지만 그렇게 하면 쓰레기봉투가 아무리 많아도 부족하다. 또 도대체 몇 번을 왔다 갔다 해야 하지?

옆집 사나에 줄까?

하지만 아까 봤잖아. 사나에 집에 멋진 식기장이 있는 걸. 게다가 그릇이 빼곡히 들어 있었어.

그때 주전자가 삑 하고 울었다. 돌아보니 쏟아지는 오전 햇살 아래 김이 무럭무럭 나고 있다.

황급히 가스를 끄고 차를 내려서 의자에 앉았다.

다음에 여기 올 때는 좋아하는 아이리시 블랙퍼스트 홍차 캔을 가져오자. 또 전철역에 도착하면 역내 편의점에서 무지방 우유를 사서 밀크티를 만들자. 전철역 앞 백화점 지하에서 파는 고급 쿠키도 사야지. 그 정도 즐거움도 없으면 정리하는 도중 싫증이 났을 때 물건을 집어던지고 도망치고 말 것 같다.

조금이라도 쾌적하게 일하기 위해 난방도 후끈후끈 틀자. 같은 도쿄라도 여기는 동쪽보다 훨씬 추운 기분이 드니 감기에 걸리지 않게 조심해야 해. 전기세는 신경 쓸 필요 없어. 그래, 쓰레기봉투도 아끼지 말고 쓰자. 현명한 주부라면 한 장에 많이 담으려 노력하겠지만 이젠 그런 건 개의치 않아도 괜찮아. 뭐, 많이 써도 유품정리 회사에 맡기는 것보다 훨씬 싸게 먹히니 말이야.

따뜻한 차가 몇 모금 목을 넘어가니 간신히 한숨을 돌린 느낌이 들었다.

가방에서 새 공책을 꺼낸다. 이것도 후유미가 추천해서 가지고 왔다.

식탁 위에 하얀 첫 장을 펼치고 오늘 날짜를 적는다.

1월 16일.

자, 언제까지 치우고, 언제까지 방을 빼지.

대략이나마 일정을 짜는 편이 좋다고 후유미가 말했다.

하지만, 아무것도 쓸 수 없다.

어떻게 해야 할지 분간이 서지 않는다. 이 집에 도착한 뒤 목도한 수만 가지 물건들 때문에 머릿속까지 뒤죽박죽 되고 말았다.

눈을 감고 크게 숨을 들이마신 뒤 후우 내쉬었다.

그래, 큰 물건부터 버리면 어떨까. 눈에 보이고 정리되어 가는 상태를 알 수 있으니 기분도 조금 좋아질지 몰라.

휴대폰을 꺼내 K시의 대형폐기물 배출방법을 새삼 검색했다. 한 세대 당 한 번에 세 개까지 정해져 있다.

모두 몇 개나 있을까. 차를 다 마신 후 공책과 볼펜을 들고 방을 둘러보았다.

옷장 방에는 서랍장 세 개에 양복장이 하나. 그리고 인형 장식장이 하나.

벽장 안에는 기모노를 넣기 위한 건지 관으로 착각할 만큼 거대한 오동나무 상자가 세 개 있다. 그 너머에는 다리가 빠진 코다츠가 세워져 있었다. 코다츠는 거실에도 있는데 왜 여기도 있을까?

저기 어머니, 새것을 사면 헌 건 버리세요. 설마 이것도 이사 오기 전 주택에 있던 건 아니겠죠.

옛날 탁상재봉틀도 있다. 들려고 하는데 깜짝 놀랄 만큼 무겁다. 그 뒤쪽에는 커다란 플라스틱 의류상자가 여섯 개나 있다.

메모를 하면서 침실로 들어갔다. 벽에 접이식 밥상이 세워져 있다. 그리고 또 커다란 의류상자가 네 개나 있다.

—요 5, 이불 5, 화장대, 공간박스 3, 드롱기의 석유난로, 에어컨, 청소기…….

차례차례 공책에 적었다.

거실로 돌아와 다시 적기 시작한다.

책장, 코다츠와 코다츠 이불, 텔레비전 장식장, 오디오 선반, 등받이 의자 2, 소형 캐비닛 3, 중간 크기 의류상자 3, 가스난로, 팩스전화기, 비디오테이프리코더, 에어컨.

그리고 벽장에는 전기카펫 3, 전기카펫 커버 4, 선풍기 2.

주방에는 식탁, 의자 4, 전자레인지 수납장, 식기장 대, 식기장 중, 긴 세로 선반, 손수레, 전자레인지.

베란다에는 스탠드행거 3.

욕실에는 세탁기와 발판.

조명기구는 방마다 있고 주방에도 하나 있으니 모두 네 개.

에어컨, 텔레비전, 냉장고, 세탁기를 제외하고 대충 헤아려도 팔십 개 가까이 된다. 한 번에 세 개밖에 배출하지 못하니 스물일곱 번이다. 일주일에 한 번밖에 배출하지 못하니, 대략 칠 개월 걸리는 셈이다.

전부 배출할 때까지 집세와 전기세도 계속 내야 한다. 역시 후유미 말처럼 업체에 맡기는 편이 싸게 든다.

창으로 하늘을 올려다보니 땅거미가 내리고 있다.

열중해서 방들을 조사하다 보니 어느새 저녁이다. 정리 하나 못 했는데 이렇게 지쳐 버리다니 너무나 한심하다.

문득 그때 근처 버스정류장에서 이 단지로 오는 도중의 적막한 거리를 떠올렸다. 여기저기 '날치기나 수상한 사람을 발견하면 110번'이라고 쓴 간판이 있었다. 낮인데도 사람 하나 보이지 않았는데 날이 저물면 어떨까. 등 뒤에서 갑자기 목이 졸리고 지갑이 든 가방을 빼앗길지 모른다. 공원을 가로지르면 지름길이지만 밤의 공원은 분명 어둡고 무서울 것이다.

순간, 벌떡 일어섰다.

빨리 돌아가야지. 해가 지기 전에 역에 도착하는 게 좋겠어.

황망히 문단속을 했다. 화기를 확인하고 서둘러 코트를

입었다.

　현관문을 나와 열쇠를 잠그고 계단을 달려 내려와 종종 걸음으로 버스정류장으로 향했다.

　그런 와중에도 신경이 쓰인 건 코다츠의 따뜻함이었다.

　절대로 착각은 아닐 텐데…….

2

백화점은 열 시에 문을 연다.

모토코는 삼십 분 전에 직원 출입구를 통해 건물 안으로 들어왔다.

체인점인 주얼리 미유키에서 파트 일을 시작한 지 이십 년 가까이 된다.

탈의실에서 코트를 벗고 유니폼인 검은 원피스로 갈아입고 있는데 매니저인 하야시 마사코가 들어왔다.

"매니저 님, 죄송해요. 어제 갑자기 쉬어서."

"괜찮아"라고 매니저는 말하고 나서 "어제도 한가했는데"라고 쓴웃음을 지었다. "그보다 어땠어? 정리할 게 많아?"

"앞날이 캄캄해요."

"옛말에 '죽은 사람은 산 사람을 괴롭히면 안 된다'고 했는데 실제는 그러기가 쉽지 않더라고."

유품을 정리한 경험이 있는 매니저는 모토코를 위로하듯 말했다.

"그런데 매니저 님, 우린 대부분 남에게 폐를 끼치면 안 된다는 교육을 받으며 자라지 않나요?"

"그렇긴 해도 어느 정도 폐를 끼치는 건 어쩔 수 없지. 특히 몸이 약해지면 아무에게 의지하지 않고 생활하는 건 불가능하잖아. 거기에 죽기 직전까지 사용하는 생필품도 많을 텐데, 완벽하게 정리하고 죽는 건 어차피 무리야. 그런데 남편은 외아들이지?"

"네. 그래서 도움 받을 사람이 없어서 힘들어요. 남편에게 형제자매가 있으면 큰 도움이 될 텐데."

"그 반대야. 반대."

매니저는 어이없는 듯 모토코를 한 번 보더니 스웨터와 바지를 재빨리 벗고 발아래부터 원피스를 입었다. 몸집이 작고 가냘파서 자기보다 나이가 많다고 여겨지지 않을 만큼 행동이 빠릿빠릿하다.

"반대라니 무슨 뜻이에요?"

"나중에 말해 줄게. 여기 정말 춥네. 옷 갈아입을 동안에 감기 걸릴 것 같아. 빨리 갈아입고 매장으로 가자."

매니저는 재빨리 사물함을 잠근 뒤 열쇠를 가방에 넣고 서둘러 문으로 갔다. 모토코도 종종걸음으로 그 뒤를 따랐다.

매장 안은 화려한데 탈의실과 직원용 통로는 벽과 바닥 모두 회색이어서 무미건조한 공장에 있는 것 같았고, 그런 색채가 한층 한기를 느끼게 한다.

매장으로 통하는 문을 여는 순간 따뜻한 공기가 볼에 와 닿는다. 오픈 전인데도 매장은 온기로 가득차 있었다.

진열대를 덮고 있는 검은 천 커버를 벗겨 반듯하게 접은 다음 계산대를 열고 오픈 준비에 들어갔다.

주얼리 미유키는 백화점 정면 출입구에서 일직선으로 보이는 위치에 있다. 그래서 매출은 잘 나오지 않아도 긴장을 늦출 수 없다.

매니저와 둘이서 정면을 바라보며 서서 오픈 시간을 기다리는 동안에 작은 목소리로 이야기를 이어갔다.

"아까 하다만 이야기인데, 제 남편이 외아들이어서 정리하는 게 큰일이에요."

"그러니까 그건 아니라니까. 내가 시어머니 유품정리를 하기 위해 도코로자와에 다녔던 얘기는 전에도 했지. 그런데 실은 두 번밖에 안 갔어."

"네? 단 두 번 만에 다 정리했어요?"

"설마. 시누이가 말하더군. 어머니의 가닛 반지가 없어졌다고."

"아니 어떻게, 그렇게 도둑취급을 할 수가."

"화가 치솟더군. 시누이와는 평생 마주치고 싶지 않아. 그래서 저번 달 시어머니 제삿날에도 가지 않았어."

"그런 일이 있었군요."

"나는 직원 할인으로 주얼리 미유키의 보석을 살 수 있잖아. 아, 어서 오세요."

손님 두 명과 세 명이 들어왔다. 일하기 시작한 이십 년 전에는 정문 앞에 줄을 서 있다 오픈과 동시에 밀물처럼 밀려들었는데, 요즘 백화점은 어디나 한산하다. 게다가 모두들 주얼리 미유키는 그냥 지나친다. 지하 식품매장을 향하는 것이다.

오늘은 파가 싸다. 백화점인데 근처 마트보다 싸서 모토코도 집에 사갈 생각인데 품절이 되지 않을까 걱정된다.

"그러니까, 여기 상품을 정가의 칠십 퍼센트에 살 수 있는 내가 시어머니의 손때 묻은 보석 따위를 욕심낼 이유가 없잖아. 그것도 2캐럿 다이아몬드라면 몰라도 겨우 가닛이라고. 가닛."

"그건 그래요."

"자기 남편이 외아들이라 부러워. 유품은 전부 자기 게 되잖아?"

"갖고 싶은 게 하나도 없는데요 뭐."

"정말? 비싸 보이는 귀금속도 없었어?"

"없어요. 싼 게 비지떡이라는 말이 안성맞춤. 근데 매니저 님, 토끼 말인데요."

일의 자초지정을 들려주자 "그거 속은 거야"라고 매니저는 단호히 말했다.

"역시 그렇죠."

"당연하잖아. 정말 세상이 어떻게 되려고, 뭘 믿어야 할지 모르겠어."

"그렇게 나쁜 사람으론 보이지 않던데요"라고 사나에의

붙임성 있는 웃는 얼굴을 떠올리며 말했다.

"자긴 너무 순진해. 사람이 너무 순진해도 안 좋아."

"그럴까요."

"일단 건네받으면 나중에 속았다는 걸 알아도 소용없어. 그 토끼를 집에서 기르는 상상을 해 봐."

그 누더기 같은 토끼를 집 맨션에서 기르다니······.

"자기가 동물을 너무 좋아하고 귀여워 어쩔 줄 모르면 몰라도."

"조금도 귀엽지 않아요. 토끼라고 여겨지지 않을 만큼 크고."

"내 지인이 토끼를 기르고 있어 얘기를 들어 보니 더위와 추위에도 약하데. 그래서 사람이 없을 때도 에어컨을 계속 켜는 것 같더라고."

"하루 종일요? 그럼 전기세가······."

그때 명품 가방을 든 중년여성이 느긋하게 이쪽으로 다가오는 모습이 보였다.

"어서 오세요."

매니저는 만면에 웃음을 지으며 한 옥타브 높은 목소리로 외쳤다.

퇴근길에 들린 전철역 앞 마트의 방어 토막이 저렴하길 래 주저 없이 바구니에 넣었다. 미리 반찬거리를 정하고 마트에 가도 날에 따라 사려던 식재료 값이 뛸 때가 있다. 그럴 때면 계획은 백지로 돌아가고 지친 머릿속은 혼란스럽다. 그리고 마트 안을 십오 분 가까이 우왕좌왕한다. 하지만 오늘은 운이 좋았다. 방어는 남편이 좋아하는 생선이고 특가로 파는 백화점의 파는 품절 직전 손에 넣을 수 있었다. 북쪽에서 태어난 모토코는 도쿄의 편리한 생활이 마음에 들지만 단 하나, 일 년 내내 파가 비싼 건 아무래도 납득할 수 없었다.

집에 돌아와 주방에서 큰 프라이팬을 꺼내 기름을 얇게 둘렀다. 방어 토막 양쪽을 노릇하게 구워 미림, 간장, 술, 물을 섞어 놓은 소스를 부었다. 그리고 유리뚜껑을 덮기 전에 인삼과 새송이버섯과 파를 듬뿍 넣었다. 이걸로 영양 균형을 잡은 간단요리를 완성했다.

옆에 있는 버너로 두부 스마시지루[11]를 만들고 있는데 주머니 안에서 메일 알림이 울렸다. 후유미였다.

'오늘밤, 차 안 마실래? 나 내일 쉬는 날.'

---

11 소금, 간장, 된장 등으로 만든 국물에 해산물과 채소 같은 건더기를 넣은 국물 요리.

아이가 어릴 때는 저녁 이후에 집을 비우기 어려웠다. 하지만 지금은 어두워지고 외출할 수 있는 자유가 너무나 즐겁다.

'OK. 역 앞에 새로 생긴 카페 비바체에서 일곱 시 어때?'

'OK.'

시계를 보니 일곱 시까지는 아직 한 시간 남았다.

남편 접시에 랩을 씌우고 텔레비전을 보며 혼자 저녁을 먹었다.

다 먹고 접시를 씻고, 빨래를 개서 옷장에 넣었다. 아이가 둘이나 집에 있을 때와 비교해 빨래 양은 훨씬 줄었다. 가사 부담이 거짓말처럼 가벼워졌다.

거울 앞에 서서 립스틱을 고치고 머리는 손으로 정리하고 집을 나섰다.

집에서 역을 향해 걷는 도중 레스토랑과 미용실과 편의점의 불빛이 눈부셨다. 밤 카페에 조명이 켜져 있는 풍경이 멀리 보이기만 해도 마음이 들썩인다. 아직 초저녁인데 마치 처음 밤놀이를 나온 고등학생 같아 자기도 이상하게 여겨진다.

카페에 들어와 내부를 둘러보았는데 후유미는 보이지

않았다. 반드시 약속 오 분 전에는 도착하는 사람이니 분명 이 층에 있을 것이다. 따뜻한 밀크티를 카운터에서 받아들고 이 층으로 올라갔다.

계단을 다 오르기도 전에 후유미의 뒷모습이 눈에 들어왔다. 도로 쪽 창가 좌석에 앉아 있다.

"안녕."

옆에 있는 스툴에 앉았다.

"어때? 시어머니 집 정리는?"라고 후유미가 먼저 물었다.

"상상했던 것보다 백배는 큰일이야."

"3DK라고 하지 않았어?"

후유미의 말뜻은 알고 있다. 야마카게에 있는 후유미의 시댁은 부자였기 때문에 유품을 정리했을 때의 고됨은 단지에 비할 바가 아닐 것이다.

"3DK라도 가구부터 양복, 주방용품까지 우리 집 몇 배는 되더라고."

"그럼 업체에 맡겨. 무리하면 병나."

후유미가 업체에 맡겼을 때는 친정어머니가 자신의 예금으로 내주었다고 했다.

"업체에 맡길 돈이 있을 리가 없잖아. 남편이 외아들이라 모두 우리가 부담해야 하고."

"실례되는 말이지만 시어머니는 저축은 안 하셨어?"

"저축은 제로. 시아버지 유족연금은 부러울 만큼의 금액이었는데, 매달 다 써 버린 것 같아. 단독주택을 판 돈도 써 버린 모양이야."

"와, 꽤나 사치스럽게 사셨군. 유산이 없으면 더 빨리 정리해야겠네. 집세를 계속 내는 것도 큰일이잖아. 견적이라도 내 보면 어때? 견적은 무료고, 게다가……."

후유미는 말끝을 흐렸다.

"왜 그래? 괜찮으니 말해."

"주제넘은 말을 해서 미안. 그렇지만 남편한테 도움을 받아. 남편의 어머니의 유품정리니 말이야."

"맞아. 하지만 남편한테 뭘 기대하는 건 이미 십 년 전에 포기했어."

"맞아. 우리 세대 남편들은 일이 바쁘다는 말이 면죄부지."

"그러고 보면 우리 아들 부부는 정말 부러워."

"맞아. 우리 아들 부부도 똑같아. 보육원 배웅은 게이치, 마중은 며느리, 게이치는 요리도 잘해. 아내를 도와주는 수

준이 아니라 알아서 솔선해서 하는걸."

"우리가 지금 시대에 태어났더라면 얼마나 다른 삶일까, 하고 생각해."

"그 말은 즉 우리의 아들 교육이 틀리지 않았다는 거지."

"맞아. 남자도 가사를 할 수 있게 키웠잖아."

둘의 아들은 이미 결혼해서 이상적인 부부관계를 맺고 있다. 그에 비해 우리 남편은 어떤가, 하고 경쟁하듯 한바탕 남편 험담을 해댔다.

"실은 곤란한 일이 생겼어."

후유미에게도 토끼 일을 상담하고 싶어졌다.

"옆집 사람이 말하길 시어머니가 맡겼다는데, 게다가 아주 커."

"좋네. 나도 뭐든 기를까. 분명 위안이 될 거야."

"뭐, 자기는 정말 우리 시어머니가 기르던 거라고 생각해?"

"무슨 뜻?"이냐며 이상하다는 듯 나를 보던 후유미의 눈이 동그래졌다. "혹시 옆집사람이 거짓말을 하고 떠넘기려 한다고 생각하는 거?"

"응, 절반쯤."

"설마 그럴 리가. 그렇게까지 심한 거짓말을 하는 사람이 있을까?"

"역시 그렇겠지."

"토끼를 거두는 건 큰일이지만 어쩔 수 없잖아. 처분할 수도 없고."

"처분? 무슨 말이야?"

한순간 숨이 멈췄다.

유기동물보호소에 보내는 것? 그리고 안락사 시키는 것?

아, 어머니 제발 적당히 하세요. 유기동물보호소에 데리고 가면 저는 앞으로 무슨 일이 있을 때마다 그 일이 떠올라 기분이 안 좋을 거예요. 아마 평생 잊지 못할 거예요. 그래요, 우리 세대는 나약해요. 시어머니와 달리 전쟁을 경험하지 않았어요. 겨우 토끼 한 마리 가지고 뭘 그리 수선을 피우냐고 저세상에서 웃고 계시겠지만, 당신은 제게 토끼를 떠안겼다기보다 죄책감을 대신 전가한 거예요. 그렇게 크고 귀엽지도 않은 토끼를 대체 제가 어떻게 하면 좋을까요. 더 분명하게 말하면 엉클어진 실뭉치 같고 불결해요. 저기 어머니, 제 입장이 되어 보세요.

"토끼는 개나 고양이보다 키우기 쉽지 않아?"라고 묻는 후유미의 느긋한 목소리가 들렸다.

"뭐, 개처럼 짖지 않고, 고양이처럼 가구나 벽을 손톱으로 할퀴지 않잖아."

"그건 그렇지만."

토끼는 더위와 추위에 약하다고 매니저가 말했다.

"모토코, 그렇게 어두운 얼굴 하지 말고 가끔은 기분전환 겸 싹 해 버려."

후유미가 밝은 표정을 지어 보였다.

"싹 해 버리라니 예를 들어 무슨 일?"

한 달 동안 뉴욕에서 살고 싶다. 호텔이 아니라 주방이 딸린 아파트를 빌려서.

이것은 둘의 오랜 바람이었는데, 지금의 현실은 어려울 것 같았다. 경제적인 측면은 물론 남편이 납득할지 말지에도 달려 있다. 남편들은 부부의 저축을 아내가 혼자 쓰는 일에 난색을 표할 테고 '그럼 나도 가'라고 할 것이다. 그래서 두 사람은 남편에게 아직 말하지 못하고 있다.

"예를 들어 고속버스를 타고 어딘가 가거나"라고 후유미가 말했다.

뉴욕이 아니라 고속버스…….

"버스 투어면 계속 앉아서 갈 수 있고, 스케줄도 세우지 않아도 되니 편하잖아. 지쳤을 때는 그런 방법도 있어."

"응, 그럴지도. 머리를 별로 쓰고 싶지 않은 기분이 들어서."

"인터넷에서 검색해 볼게. 10만 원 이하 괜찮은 당일치기 코스."

"고마워. 당일치기면 니코의 도쇼구나 미토의 가이라쿠엔 중 하나일까."

"더 가까워도 괜찮아. 치바나 요코스카나."

"그렇네."

"왠지 마음이 내키지 않나 보네. 심신이 지쳐 있는 느낌. 모토코, 요즘 얼 클루 안 들어?"

"얼 클루…… 이름도 잊고 있었어."

후유미와 알게 된 것은 서로 첫째가 생후 육 개월 무렵이었다. 여러 이야기를 하는 사이에 두 사람 모두 대학시절부터 얼 클루 광팬이었다는 사실을 알게 됐다.

"갔어, 갔어. 나가노의 선 플라자에서 열린 콘서트지?"

"분명 우리 대학 때 콘서트 장에서 스쳤을 거야."

미국의 기타리스트가 두 사람의 거리를 훨씬 가깝게 만

들어 주었다.

　"다음에 시어머니 집에 정리하러 갈 때 얼 클루의 시디를 가져가면 좋을 거야."

　"좋은 생각이다. 그렇게 할게."

　기분이 분명 좋아질 것이다. 나에게 음악은 대단한 위력을 발휘한다. 그것은 오랜 경험으로 알 수 있을 텐데 평소 잡다한 일에 쫓겨 생각도 못 하고 있었다.

　"시어머니 집에 오디오세트는 있어? 있으면 처분은 마지막에 하는 편이 좋아."

　가전제품을 처분하는 순서에 대해서는 나도 생각하고 있었다. 전기포트는 퇴거일까지 사용하고 싶었고 텔레비전과 에어컨과 세탁기도 마지막까지 필요했다. 조금이라도 쾌적하게 정리하기 위해서는 서둘러 버리지 않는 게 좋은 물건이 몇 개 있다.

　그날 밤은 샤워를 한 후 내 방에 틀어박혀 오랜만에 시디를 틀었다.

　느긋한 마음으로 발톱에 매니큐어를 칠한다. 벽 쪽에 죽 놓아둔 컬렉션 중에서 짙은 베이지색을 골랐다. 손톱은 벗겨지면 보기 흉하지만 한겨울에 발톱은 아무도 볼 염려가 없다. 완전한 자기만족의 세계였다.

젊을 때는 다른 사람 눈에 띄지 않는 멋 부림은 의미가 없다고 생각했다. 오늘밤처럼 자기 혼자만의 시간을 치장하며 즐기는 감각은 오십을 넘긴 후부터다. 아이가 독립한 후의 얼마 남지 않은 나만의 충전 시간을 소중히 하고 싶다.

그래서라도 유품정리를 빨리 끝내야만 한다. 그렇게 생각하며 핸드크림을 발가락에 발랐다.

3

사 층까지 계단을 오르자 숨이 찼다.

다다닥 경쾌하게 오르지 못하고 터벅터벅 구두소리가 울린다. 하지만 오늘은 일부러 크게 소리를 냈다.

현관 앞에 서서 일부러 소리 내서 말했다.

"자, 오늘도 힘내자."

옆집에 사는 사나에를 포함해 단지 주민들에게 내가 여기 있다고 알리고 싶었다.

저번에 왔을 때 방안에서 누군가의 기척을 느꼈다. 사나에는 해가 잘 들어서라고 했지만 코다츠의 온기는 아무래도 이상했다.

현관문을 활짝 열어젖혔다.

현관을 내려다보니 저번에 왔을 때와 변함은 없었다.

순서는 미리 정해 놓았다. 처음에 모든 방의 창문을 연다. 춥지만 옷장에 수상한 사람이 숨어 있는 기분을 지울 수 없었기 때문이다. 베란다로 난 창호의 잠금장치 한 곳이 고장난 것도 마음에 걸렸다.

부츠를 벗고 짧은 복도를 걸어 주방으로 들어갔다.

"어?"

지난번에 주방과 거실을 구분하는 문을 열어 두고 갔었는데.

그런데 꽉 닫혀 있다.

착각일까.

요즘은 계속 머리가 혼란스러웠다. 그것은 이제까지 경험한 적이 없을 만큼 심했다. 자나 깨나 물건이 한가득 들어 있는 벽장과 옷장 안이 끊임없이 머릿속에 떠오르곤 사라졌다. 그 항아리를 버려야지, 그 그릇은 사나에가 받을지도, 상자는 전부 짜부라트려 끈으로 묶은 다음 재활용쓰레기로 배출해야 해, 토끼는 어쩌지, 냄비와 프라이팬은 어떡하지, 신발장의 많은 신발은 버려도 될까, 큰 가구를 어떻게 대형폐기물 적치장에 옮기지……. 이런 상념이 집이나 직장을 가리지 않고 하루 종일 머릿속을 빙빙 맴돌았다. 정리를 하루라도 빨리 끝내고 싶은 조급함이 마음을 불안하게 했다.

오늘 아침도 머리를 감싸고 고함을 치려는 순간 눈을 떴다.

그런 매일이니 문을 열어 둔 채 갔다고 생각한 게 착각일지 모른다.

숨을 멈추고 문을 바라본다.

분명 착각이야. 오십이 지나고 나서 건망증이 심해졌잖아.

그렇게 스스로 위로하며 거실로 통하는 문을 조심조심 열고 안을 엿보았다.

아무도, 없다.

당연하잖아.

그렇게 생각하면서도 뒤에서 누가 다가오지 않는지 귀를 기울이며 전후좌우 경계를 게을리 하지 않았다.

거실에 살짝 발을 들이고 창가로 다가가 커튼을 열고 창을 활짝 열었다. 코다츠가 생각나 살펴보니 전과 똑같이 전선은 콘센트에서 뽑혀 있었다. 슬쩍 코다츠 이불 속에 손을 넣었다.

어머, 차가워.

코다츠 안의 공기는 차갑게 식어 있었다. 전에 왔을 때
와는 확연히 다르다.

오늘은 하늘이 흐리다. 전에는 햇빛이 쨍쨍 내리쬐고 있
었다.

아니, 그렇다고 해서 코다츠 안의 온도가 이렇게나 다를
수 있나.

숨을 들이마시고 벽장을 힘껏 열었다. 살짝 여는 게 무서
웠다. 수상한 사람과 눈이 마주치기라도 하면 어떻게 하지?

벽장 안도 아무것도 달라진 게 없었다.

역시 너무 민감한 거야.

아, 그래. 맞아, 그렇게 하자.

코다츠를 치워 버리면 되잖아. 왜 이렇게 간단한 걸 생
각하지 못했을까.

곧장 코다츠 상판을 벽에 세우고 코다츠 이불을 갠 뒤
다리를 떼서 분해했다.

안심이 됐다. 이걸로 이젠 코다츠 안 온도를 신경 쓸 필
요는 없다.

그 뒤 다른 방도 똑같이 창문을 열고 벽장을 확인했다.

앞으로는 커튼도 벽장도 열어 두고 가자. 응, 그게 좋겠어.

그 외에 사람이 숨어 있을 만한 곳이…… 양복장이다. 안에 들어 있는 양복을 전부 꺼내서 비운 뒤에 문을 열어 두자.

그렇게 정하고 안쪽 방으로 가 양복장의 양쪽 문을 단숨에 열었다. 옆에 세워 둔 우산으로 양복장 안을 여기저기 쑤셔 본다.

괜찮아. 아무도 없어.

하나씩 옷걸이 채 밖으로 꺼냈다. 남자 양복뿐이었다. 모든 양복 상의의 안쪽 주머니에 '호리우치'라는 자수가 새겨져 있다.

시아버지의 추억이 담겨 있어서 버리지 못했구나.

"네 시아버지의 추억이 담겨 있어서 좀처럼 버리지 못하겠구나."

시어머니가 쓸쓸한 표정으로 이렇게 말한 건 시아버지가 돌아가시고 얼마 되지 않을 무렵이었다. 그로부터 몇 년이나 지났는데 아직도 버리지 않았다니.

애초에 그다지 사이가 좋은 부부는 아니었는데 시아버

지의 양복을 이사 온 곳까지 가져온 마음을 이해할 수 없다. 시아버지는 난폭하지는 않아도 그 세대에 상응하는 권위주의적 가장이었는데, 정년 후에는 아내가 가는 곳이라면 어디나 '나도' 하며 따라가는 껌 딱지로 변모했다. 시어머니는 처음에는 참았지만 이내 한계에 달해 폭발했다. 그 후는 옆에서 보아도 깜짝 놀랄 만큼 시아버지를 매몰차게 대했다. 그랬는데 시아버지가 돌아가시자 시아버지와의 생활이 아름다운 추억으로 변한 듯했다.

세상에는 이런 아내가 적지 않다는 말을 들은 적이 있다. 그러나 나는 오십 대에 접어든 지금도 부부지간에 있어 초심자인지, 그런 아내의 심정은 미지의 세계이자 상상하기 어렵다.

어쨌든 빨리 버리자.

시아버지는 몸집이 작아서 남편이나 아들과는 사이즈가 맞지 않는다. 물건이 부족한 시대라면 아이 옷으로 다시 만들었을 것이다. 트위드 천이면 멋있는 베레모라도 만들 수 있다. 하지만 지금 시대에 그런 기술을 가진 주부는 거의 없고, 그렇게 절약에 정력을 쏟을 바에는 일을 해서 돈을 버는 편이 훨씬 현실적이다.

어쩌면 이 양복장은 마법의 옷장이 아닐까. 그렇게 생각할 만큼 꺼내도 꺼내도 양복이 나왔다. 즉 꽉꽉 밀어 넣어서 빽빽하게 걸려 있었다.

옷걸이도 예전의 튼튼한 목제 옷걸이로 놀랄 만큼 무겁다.

쓰레기봉투를 쫙 벌려서 양복을 차례로 집어던졌다.

어머니, 적당히 좀 하세요.

양복을 추억으로 여겨 보관한다면 한 벌로 충분하잖아요. 백번 양보해서 여름, 겨울, 간절기 양복 한 벌씩 세 벌로 충분하지 않나요. 양복에 얼굴을 파묻고 남편 냄새를 그리워한다면 몰라도, 어머니 당신은 몇 년이나 이 양복장을 열어 보지 않으셨죠? 양복 어깨에 먼지가 쌓여 있는 게 그 증거에요.

간신히 양복을 모두 쓰레기봉투에 넣고 허리를 폈다.

양복만으로 가장 큰 쓰레기봉투를 아홉 장이나 사용했다. 이제까지 양복장에 넣은 것을 밖으로 꺼냈기 때문에 방이 순식간에 비좁아졌다. 한 아름이나 되는 쓰레기봉투가 바닥에 아홉 개나 있으니 발 디딜 곳도 없다. 이대로라면 다른 작업을 하기 어려우니 빨리 쓰레기장에 버리러 가는 게 좋다.

그나저나 옛날 옷은 왜 이렇게 무거울까. 양손에 하나씩 쓰레기봉투를 들 수 있다고 생각했는데 봉투 하나를 양손으로 안는 게 한계였다. 현관문 밖으로 아홉 개의 봉투를 모두 꺼낸 뒤 하나만 안고서 비틀비틀 신중하게 계단을 내려간다. 봉투를 안으니 앞이 안 보인다.

시아버지 양복만으로 계단을 아홉 번 왕복해야 한다. 게다가 이 동에서 쓰레기장까지 멀다.

팔다리가 저리고 아파 온다.

벌써 지긋지긋했다. 아직 양복장의 상단만 비웠을 뿐이다. 아직 아래에 달린 서랍은 보지도 않았다.

이까짓 것에 굴복하지 마, 모토코.

업체에 맡길 경제적 여유가 없으니 혼자 할 수밖에 없어.

부지런히 해 나가면 머지않아 꼭 전부 치울 수 있어. 그건 명백한 사실이야.

첫발을 내딛었잖아. 잘하고 있어, 모토코.

다음은 어젯밤 정해 둔 순서대로 대형폐기물을 처리하자. 대형폐기물은 일주일에 한 번밖에 배출하지 못하니 한 번이라도 주기를 놓치면 안 돼. 경우에 따라선 신청이 몰려 배출하지 못할 때도 있다고 홈페이지에 적혀 있었다. 그러니 가능한 빨리 시청에 전화해서 예약하는 편이 좋아. 내가 사는 구는 한 번에 몇 개나 배출 가능한 걸 생각하면 화가 나지만 어쩔 수 없어. 같은 도인데도 이렇게나 다르다.

하지만 좋은 점도 발견했다. 홈페이지를 보던 중 맨 하단에 작은 글씨로 쓴 요주의를 발견했다.

'세대 전 구성원 육십오 세 이상의 경우는 방문 수거 가능합니다.'

그 한 줄을 발견했을 때 나도 모르게 싱긋 웃었다. 이 서비스가 없으면 내 키보다 큰 옷장을 쓰레기장까지 옮기는 건 불가능하다.

그러나 기뻐하고 있을 수만은 없다. 현관에서 옷장까지의 동선을 확보해야 한다. 발 디딜 틈도 없는 상태로는 가져 갈 수 없다. 지금은 종이상자나 잡지, 신문으로 바닥이 안 보이는 상태이기 때문에 쉽사리 동선을 확보할 수 있을 것 같지 않다. 그래서 다음 주에는 우선 큰 옷장 대신 혼자 옮길 수 있는 대형폐기물을 처리하자. 오늘 여기 오기 전에 전철역 앞에 있는 시청 출장소에서 대형폐기물 스티커를 샀다.

그때 상황을 떠올리자 초조함이 되살아났다.

출장소 창구에는 일흔 살 가량의 남자가 있었다. 나이로 보아 고령자고용정보센터에서 파견된 사람인 듯했다.

"대형폐기물 스티커를 주세요. 2천 원짜리 세 장과 3천 원짜리 두 장요."

그렇게 말하자 남자는 놀란 듯 눈을 크게 뜨더니 대답도 하지 않고 당황한 모습으로 안으로 들어갔다.

"그렇게 많이?"

"대체 뭐하는 사람이지?"

칸막이 건너편에서 말하는 목소리가 그대로 들렸다.

연배가 있는 여자가 나와서 "잠시 기다려 주세요"라고 말하면서 신기한 물건이라도 보듯 나를 위에서 아래까지 거리낌 없이 빤히 보았다.

그 후에도 차례로 안쪽에서 사람이 나와서 모토코를 관찰했다.

정말 여기가 도쿄 맞나?

대형폐기물 스티커를 많이 사는 게 그렇게 신기한 일인가? 그리고 꼭 어떻게 생긴 사람인지 확인해야 속이 시원한가.

결국 안에서 네 명이나 나와서 창구에서 일제히 스티커

를 세기 시작했다.

　대체 언제까지 기다리게 하는 거야.

　늦다. 너무 늦다. 대체 왜 몇 번이나 다시 세는 거지.

　대형폐기물 스티커 정도는 자판기에서 팔아도 되지 않나.

　여기가 시골이면 뭐하시는 분이세요? 그렇게 많이 무엇을 버리시게요? 묻는 사람이 있을지도 모른다. 그렇게 하지 않는 것만으로 도쿄가 더 나은 걸까. 모토코는 시골에서 태어나고 자라서인지 이런 일에 남들보다 몇 배는 거부감이 심하다. 어디의 누구인지 묻지 않지만 흥미진진 바라보는 무례한 시선을 견딜 수 없었다.

　나는 남들이 서로 간섭하지 않고 사는 도시가 성격에 맞다고 절실히 느낀다. 다음에 후유미를 만났을 때 이 일을 말해야겠다. 분명 후유미라면 이해하며 공감할 게 분명하다. 그렇지 않으면 이 불쾌함은 언제까지나 지워지지 않을 것 같았다.

　까마귀 울음소리에 퍼뜩 정신을 차렸다.

　요즘 내가 좀 이상해. 그 정도 일로 안절부절못하니. 나이를 먹으면서 속도 좁아지는 것 같아 한심하게 여겨진다.

　하지만 지금은 그것보다 대형폐기물이다.

방을 둘러보고 대형폐기물 세 개를 정했다. 오래된 선풍기와 좌식의자 두 개. 좌식의자는 등받이 천이 찢겨 우레탄이 드러나 보인다.

　오래된 선풍기는 발화할 염려가 있어 버리는 편이 좋다고 언젠가 시어머니께 말한 적이 있다. 남편이 철든 무렵부터 있었다고 하니 분명 1950년대에 산 것이다.

　"무슨 말이냐. 아깝잖니. 고장 나지도 않았는데. 옛날 전기제품은 튼튼하다. 이 선풍기도 오십 년 이상이나 고장 나지 않은 게 그 증거란다."

　그때도 시어머니는 작은 콧구멍을 벌렁거리며 화를 냈었다.

　어머니, 고마워요. 당신의 '아까워하는 병' 덕분에 지금 저는 이 선풍기를 주저 없이 버릴 수 있어요. 만일 제 충고에 따라 최신식 날개 없는 선풍기를 샀더라면 그거야말로 아까워서 버리지 못했을 테니 말이에요.

　천정 구석을 바라보며 비꼬듯 웃었다. 최소한의 복수였다.

　"네, 대형폐기물 담당입니다."

　"여보세요, 대형폐기물을 세 개 배출하고 싶은데요."

　"네, 무엇을 배출하시나요?"

"좌식의자 두 개와 선풍기 하나요."

"주소와 성함을 말씀해 주십시오."

시어머니가 돌아가신 걸 알리는 편이 나을까. 만약 말하면 당신은 K시 주민이 아니니, 쓰레기 배출 서비스를 받을 수 없다고 할지도 모른다. 그러면 곤란하다. 잠시 망설인 끝인 시어머니 죽음은 알리지 않고 "호리우치 다키입니다"라고 본인인 것처럼 말했다. 이제까지의 경험상 관공서는 신기하리만치 종적인 관계로만 행정이 이루어지기 때문에 주민과와 쓰레기처리과는 서로 연계하지 않으리라 판단했다.

역시나 시어머니 이름을 대도 딱히 이상하게 여기지 않았다.

근무하는 보석매장에서는 고객의 전화가 오면 고객의 전화번호를 컴퓨터에 기입하면 바로 고객정보가 화면에 나타난다. 이런 일은 민간에서는 보통일인데 관공서에서는 아직 시스템화 되어 있지 않은 듯하다. 그 시대에 뒤쳐진 시스템 덕을 본 느낌이었다.

"접수했습니다. 세 개 모두 2천 원 스티커를 붙여서 배출해 주십시오. 고객님 지역의 경우, 화요일에 수거합니다.

당일 아침 여덟 시까지 쓰레기 적치장에 배출해 주십시오."

"알겠습니다. 잘 부탁드립니다."

대형폐기물은 썩는 물건이 아니니 이 단지에서는 며칠 전에 내놓아도 된다고 언젠가 시어머니께 들은 적 있다. 옛날부터 이 단지는 대지가 넓고 쓰레기 적치장도 넓다. 게다가 두 개 동에 한 곳 비율로 설치되어 있다. 하지만 하나의 동마다 간격이 넓어서 여기에서 멀다.

오늘 돌아가는 길에 대형폐기물을 내놓자.

그러고 보면 친어머니는 참 꼼꼼하다고 절절히 느낀다. 집 안에 쓸모없는 물건 따위 하나도 없었다. 오래된 가전제품은 적절히 바꾸었다. 그리고 위암 선고를 받았을 때 아직 육십 대였는데 수술을 하지 않았다. 외과의사인 어머니의 오빠가 아무리 권해도 완고하게 받아들이지 않았다.

"그게 자연 수명인걸."

그렇게 말하며 예순여덟에 잠이 들듯 세상을 떠났다.

어머니가 암 선고를 받은 당시를 떠올리면 먼 옛일처럼 느껴진다. 당시는 전이하면 나을 확률은 상당히 낮았다. 불과 십오 년 전 일이라고 생각되지 않을 만큼 지금 암 치료는 눈부신 발전을 이뤘다.

어머니는 자신에게 엄격한 사람이었다. 아버지가 시장을 역임하게 된 이래로는 한층 자제심이 강해졌다. 남에게 손가락질 당하는 일을 하면 아버지께 폐가 된다며 시조 모임이나 합창단도 그만두었다. 어머니는 상식과 예의를 잘 구분하는 사람이라 비난받을 행동을 할 리가 없는데도.

"세상에는 다양한 사람이 있다. 사소한 태도나 언행을 곡해하는 사람도 있고, 나를 시장의 아내라고 마뜩찮게 여기거나, 잘난 체한다거나, 이러쿵저러쿵 말하고 싶어 하지. 그리 비싸지 않은 옷이나 가방마저 질투하는 사람도 있어. 그러니 조금이라도 험담을 할 가능성이 있는 일은 모두 하고 싶지 않다."

고향 근처에 집중호우가 내려 집 몇 채가 피해를 입었을 때도 모든 집이 원상복구 될 때까지 어머니는 자기 집의 복구를 미루었다. 시장의 집은 마지막에 해야 한다며 깨진 유리창도 그대로 두었고, 방에 임시로 댄 골판지 틈으로 찬 공기가 들어오는 불편한 생활을 보냈다.

시어머니, 듣고 계세요? 친어머니의 발끝만큼이나마 닮길 바랐어요. 제 남동생 아내도 분명 제 어머니께 고마워할 거예요.

미키, 나는 당신이 부러워. 내 어머니는 당신에게 멋있는 시어머니였지 않을까.

그에 비해 내 시어머니는…….

시어머니, 몇 번이나 말하지만 조금은 남은 사람을 배려하길 바랐어요.

'모토코, 무슨 말을 하는 거니.'

만약 시어머니의 혼령이 아직 방을 떠다니고 있다면 즉각 반론할 것이다.

'친어머니는 암이셨지? 나처럼 갑자기 쓰러져 그대로 구급차로 옮겨져 입원해서 의식이 돌아오지 않은 채 죽지 않으셨잖니. 정리할 시간이 없는 게 당연하잖니. 네 친어머니처럼 죽을 때까지 정리할 시간이 있었다면 나도 깔끔하게 정리하고서 죽었을 게다.'

시어머니, 아니에요. 당신은 일흔 여덟이셨어요. 그 나이의 사람은 누구나 언제 죽을지 몰라요. 요즘은 오십이 되면 생전 정리를 시작하라는 책도 많이 출판되고 있어요. 건강할 때 정리하는 건 상식 아닌가요?

점점 더 화가 나서 마음을 진정시키기 위해 좋아하는 홍차를 내렸다. 따뜻한 김이 피어오르는 홍차에 무지방 우유를 더하자 마시기 알맞은 온도가 됐다.

식탁 의자에 앉았다. 천천히 마시자. 편안한 마음으로.

그렇게 생각했는데 역시나 단숨에 마셔 버렸다.

너무 조급해 하고 있어, 모토코.

정리해야 할 많은 물건들을 보면 아무리 애써도 마음이 진정되지 않는다. 느긋하게 휴식을 취할 생각은 일찌감치 단념하고 다시 힘을 내기로 했다.

그 전에 3DK 전체 사진을 찍는 건 어떨까. 큰 벽장과 작은 벽장, 선반, 하나도 빠짐없이 찍자. 비포 애프터를 알면 성취감을 맛볼 수 있으니 나에 대한 격려도 된다. 게다가 집에 돌아가서 사진을 보면 다음 계획도 세우기 쉬우니 일석이조이다.

기세 좋게 일어서서 모든 방에 있는 벽장을 활짝 열고 휴대폰으로 사진을 찍었다. 욕실과 화장실도 찍었다. 냉장고도 문을 활짝 열고 찍었다. 냉동고와 야채 칸은 그다지 물건이 많이 들어 있지 않아서 찍을 필요는 없다.

그런 다음 처음으로 베란다에 나가 보았다.

화분이 많았다.

"어머, 저게 뭐야!"

구석에 지름이 오 센티는 될 것 같은 커다란 돌을 발견한 순간 울고 싶어졌다.

"정말이지, 돌이 왜 여기 있는 거야."

아무도 없는데 크게 소리를 내 말하지 않고는 배길 수 없었다.

어머니, 어째서 이렇게 큰 돌이 여기 있는 거죠. 어디에 쓰는데 필요했나요. 누름돌 치고는 너무 크잖아요. 전에 살던 단독주택 정원에 있던 추억의 물건이라도 되나요.

한숨을 깊이 쉬고 손가락이 깔리지 않게 신중히 들어 본다. 들고 옮길 수 없는 무게는 아니지만 한 번에 일 미터 정도밖에 옮길 수 없다. 대체 이걸 어떻게 처리하라는 말일까.

앞치마 주머니에서 휴대폰을 꺼내 시청 홈페이지를 보았지만 '돌이나 흙은 접수하지 않습니다'라는 냉담한 말만 있을 뿐 어디에도 도움의 손길은 발견할 수 없었다.

팔짱을 끼고 베란다를 둘러보니 벽돌과 기와가 보였다. 화분도 많다. 말라비틀어진 꽃과 줄기 들은 쓰레기봉투에 버리면 되지만 흙은 어떻게 하나. 어디에 버려야 하나. 어딘가에 버린다고 해도 몇 개나 되니 무게도 상당할 것 같다.

어쨌든, 오늘은 여기까지 하자. 안 본 걸로 하고 싶었다.

그러고 보니 아직 신발장은 사진을 찍지 않았다. 분명 비슷한 운동화가 스무 켤레는 들어 있을 터이다. 현관으로 가서 신발장 문을 양쪽으로 활짝 열고 휴대폰을 들었을 때였다.

"어머?"

또다시 보고 싶지 않은 물건을 발견하고 말았다. 안쪽에 소화기가 두 개나 있었다.

주저주저 손을 들고 사용기한을 보니 날짜는 일 년 전이었다.

몇 번이고 크게 한숨을 쉬며 휴대폰에 저장한 단지 관리사무소에 전화를 했다.

"여보세요. 뭐 좀 여쭤 보고 싶은 게 있는데요."

이쪽 이름은 말하지 않기로 했다.

"네, 뭡니까."

"소화기는 단지의 비품이죠."

"아닙니다."

남자가 대답했다.

내가 말을 하지 않자 남자가 말했다.

"곤란하시겠습니다."

"예?"

"퇴거하실 때는 반드시 처분하시길 부탁드립니다. 두고 가면 보증금에서 처분비용을 공제하게 되어 있으니까요. 특수 물품이니 비용이 비싸게 듭니다."

"대략 얼마나 하나요?"

"비용이 얼마라는 것보다 처분하는 게 상식 아닌가요. 절대로 남겨 두지 마십시오. 정말 부탁드립니다."

전화가 차갑게 끊겼다.

"뭘 그런 투로 말할 것까진 없잖아."

투덜투덜 대며 휴대폰으로 처분방법을 검색했다. 그에 따르면 제조원에 가지고 가야 했다. 이곳에서 가장 가까운 지점은 세 역 거리이고, 역에서는 물론 버스정류장에서도 멀다. 오 킬로 가까이 되는 소화기를 두 개나 들고 어떻게 옮길까. 택시를 부르는 수밖에 없나.

어머니, 소화기는 왜 샀죠. 개인이 가지고 있을 필요가 있나요. 막상 화재가 발생했을 때 어머니는 이렇게 무거운 소화기를 능숙하게 사용할 수 있을까요. 그보다 크게 소리치며 밖으로 뛰쳐나가 근처 사람들에게 도움을 요청하거나 소방서에 전화해 달라고 부탁하는 편이 좋을 텐데요.

"아……."

그런데 이건 가연 쓰레기일까 불연 쓰레기일까. 불에 태우려면 태울 수 있겠지만 유해가스가 나올지 모르니 역시 불연 쓰레기일까. 하지만 요즘은 소각설비 성능이 좋아져서 다이옥신이 발생하지 않지 않나. 일일이 진지하게 생각해야 할 일이 많다. 너무 많다.

철제 집게가 달린 플라스틱 옷걸이를 손에 들고 불에 타는지 타지 않는지 어느 쪽일까 망설이고 있을 때 문득 텔레비전에서 본 장면이 떠올랐다.

"왜 당신은 쓰레기를 버리지 않습니까?"

더러운 방의 주인을 인터뷰하는 장면이었다.

"쓰레기를 배출하는 게 무섭습니다. 분리배출이 너무 어려워서……."

젊은 여성이 심약하게 대답하던 모습이 인상에 남아 있다.

쓰레기를 잘못 분리배출하면 이웃사람과 수거하는 사람에게 혼날지 모른다. 누가 배출한 쓰레기인지 알아내면 어떻게 하지. 마음이 약한 사람은 그런 상상을 하면 무서워진다고 한다. 그래서 시간이 지나도 버리지 못하고 집에 쌓아 둔다.

모토코는 지금 처음으로 그들의 심정을 알 것 같았다.

그런 일들을 곰곰 생각하고 있으니 현관 벨이 울렸다. 동시에 짤가닥짤가닥 손잡이를 조급하게 돌리는 소리가 났다.

누구지, 생각할 틈도 없이 쿵쿵 문을 두드리는 소리로 바뀌었다.

"누구세요?"

너무나 조급해 하는 방문자에, 혹시 아래층 사람이 시끄러워서 항의하러 온 게 아닌지 걱정됐다.

"오이와입니다."

나긋한 여자 목소리였다.

문을 열자 통통한 여자가 서 있었다. 화려한 세공이 들어간 안경을 쓰고 눈길을 끄는 녹색 코트를 입고 있다.

"저는 다키 씨 친구인 오이와 도모요라는 사람인데요. 어머, 모르세요? 정말 몰라요? 다키 씨한테 못 들었어요? 유감이네요. 저도 여기 살아요. 이 앞을 지나는데 창문이 열려 있더군요. 그래서 누가 온 게 아닌지 와 봤어요. 당신은 그러니까 며느리 되죠? 아, 역시 그러니까 유품을 정리하러 온 거군요. 힘들겠어요. 설마 혼자서 정리할 생각? 어머나 그건 무리에요, 무리. 업체를 부르는 게 좋아요. 이 단지는 노인세대가 많아서 한 분 두 분 돌아가시면 모두 자녀들이 와서 정리하더라고요. 뭐, 자녀라고 해도 모두 나이가 있어서, 아무리 젊어도 오십 대, 대부분 육칠십 대니 말이에요. 모두 업체를 불러요."

"네에."

"저도 부탁을 받고 한 번 입회한 적이 있어요. 그랬더니 업체 직원이 큰 자루를 건네더니 은행통장이나 인감 같은 필요한 물건을 여기에 넣으라며, 그 외의 것은 전부 한 번에 처분한다고 하더라고요."

"네? 자루로 말이에요? 그런 식으로 하는군요."

갑자기 필요한 물건을 따로 빼라는 말을 들으면 분명 빠트리는 물건이 생긴다. 옷장 바닥에 중요한 증서나 귀금속을 넣어 두었을지도 모른다. 만약 업체에 맡겨도 사전에 방은 물론 서랍 안쪽까지 구석구석 살펴야 한다. 그렇게 하는데도 며칠은 걸리고 물건이 어지럽게 흩어져 수습을 못 하고 중요한 물건을 빠트릴 것 같다.

"그렇게 하면 순식간에 끝나더라고요. 짐이 적은 사람은 세 시간 정도. 규슈로 시집을 간 새댁이 반년이나 죽 오

갔던 적이 있었는데, 교통비만 따져도 정말이지 바보 같지
않아요?"

"네, 그렇네요."

"그러니 역시 업체에 맡겨야 해요."

비싼 물건만 따로 빼놓고 나머지는 전부 필요 없다는 것
도 마음에 걸렸다. 앨범은 물론이고 남편 입장에서 보면
의외의 물건에 추억이 담겨 있을지 모른다.

"뭐하면 업체를 소개해 줄까요?"

"고맙습니다. 하지만 조금 더 혼자 해보고 생각할게요."

"그래요? 혹시 마음이 바뀌면 여기로 전화해요. 이 업체
는 믿을 수 있어요. 이 단지의 사람은 모두 여기에 맡겨요.
저는 회사 홍보하는 사람이 아니에요. 오해하지 말아요. 다
키 씨한테 신세를 많이 져서 조금이라도 도움을 주고 싶은
마음이에요."

여자는 그렇게 말하고 전화번호가 적힌 메모지를 주고
돌아갔다.

여자의 강한 권유를 들으면 들을수록 마음은 반대로 움
직였다. 눈앞에서 단숨에 물건이 없어지기만 하면 그걸로
좋은 게 아니다. 필요 없다고 판단한 가재도구는 멋대로

버릴 수 있지만 추억이 담긴 물건은 남편이 하나하나 음미할 시간이 필요하다. 그렇게 생각하면 도저히 업체에 맡길 마음이 들지 않았다. 가능한 혼자 힘으로 하지 않으면 후회할 것 같은 기분이 든다.

토요일은 남편한테 도움을 받자. 아니, 도움이라는 말은 이상하다. 남편 어머니 유품이니 본래는 남편이 솔선해야 한다.

냄비나 프라이팬을 정리하는 도중 문득 시계를 올려다 보니 점심이 훌쩍 넘었다.

좀 쉬자.

무리하면 나중에 피로가 한 번에 몰려온다.

텔레비전을 켜고 전철역 앞의 베이커리에서 산 샌드위치를 한입 베어 물었다.

그러고 보니 여기에 오면 이상하리만큼 시간이 빠르게 흐르는 것 같다. 수많은 '해야 할 일'이 항상 머릿속에 소용돌이치고 있어 초조함에서 해방될 틈이 없다.

무겁지만 힘내서 그릇을 버리는 일, 간장은 개수대에 버리면 되지만 식용유는 어떻게 버릴까, 냉장고 안에 있는 병은 전부 씻어서 배출해야 한다. 땅콩버터나 오일절임은 기름이 끈적끈적해서 씻기 어렵다. 저번에 가져가는 걸 잊어버린 양상추와 시금치는 오늘은 꼭 가져가야 해. 커다란 신발장에 들어 있는 운동화는 어떻게 하지. 나는 사이즈가 맞지 않으니 전부 버려야 할까. 하지만 아직 새것 같은 부드러운 염소가죽 구두도 있으니 버리기 아까워. 그럼 옆집 사나에 주는 건 어떨까. 아무래도 신던 신발을 주는 건 실례 아닐까. 그때 후미라는 여자는 오늘도 왔을까. 그보다 먹던 쌀과 설탕과 소금은 이웃이 받을까. 쌀과 소금은 무거우니 쓰레기장에 버리러 가는 게 큰일이야. 사나에가 받을 만한 물건은 일단 종이상자에 넣어 두면 어떨까. 식료품이 있는 건 주방뿐이 아니었다. 안쪽 방 선반에서도 인스턴트식품과 즉석밥이 대량으로 나왔다. 이것들도 옆집에 주고 싶다. 그러고 보니 다다음주 대형폐기물은 어떤 걸 배출하지. 옷장은 아직 무리야. 현관부터 동선을 확보하지 못할 것 같으니 말이야. 그렇다면…… 어머, 그것보다 벽장 안 식기류를 전부 쓰레기봉투에 넣어야 해. 그 정도 양이면 쓰레기봉투가 부족해. 더 사야 해. 그리고 또 뭐가…….

　한 번에 수많은 정보가 시야에 들어와 머릿속에서 정리되지 않은 채 빙글빙글 맴돈다. 그 중에서 하나만 추출하고 집중해서 생각하는 일이 좀처럼 어렵기만 하다.

아, 역시 친어머니는 생각이 깊은 사람이었어. 이런 혼란을 자녀에게 남기지 않았잖아. 그리고 무엇보다 아깝다는 죄책감을 자녀에게 물려주지 않았어.

시어머니, 몇 번이나 말해서 죄송하지만 저희 어머니는 당신과 달라서 현명했어요.

지금 그런 일은 아무래도 좋아. 어쨌든 오늘 하루 성과를, 눈에 띄는 성과를 올리고 싶었다. 그러지 않으면 무력감이 엄습해 기분이 우울해진다. 젊을 때는 한없이 우울해지는 것을 손쓸 방도가 없이 그냥 내버려 두었지만, 중년이후에는 어떡하든 해결하려고, 그것도 당장 결판을 내려고 시행착오를 거듭했다. 인생의 남은 시간이 적다는 사실을 깨닫기 시작했다기보다 인간은 어차피 언젠가 죽는데 우울해 하는 일이 바보처럼 느껴졌기 때문이다.

인간은 언젠가 죽는다는 건 젊을 때부터 아니 어릴 때부터 알고 있었다. 그러나 그것을 자신의 현실로 자각하게 된 것은 최근의 일이다.

오늘 한 일을 보면 시어머니 정장을 정리해서 쓰레기 버리는 곳까지 아홉 번 왕복한 일과 냄비와 프라이팬을 정리해서 일단 베란다에 둔 일.

아무것도 하지 않은 게 아니다. 그뿐인가 계속 선 채로 거의 휴식도 취하지 않고 열심히 했어, 모토코.

하지만, 성과가 명확히 눈에 띄지 않는다. 방 하나도 아직 다 정리하지 못했고, 벽장 하나 비우지 못했다.

역시 이대로는 안 되겠어.

벽시계를 보니 벌써 오후 세 시를 넘었다. 늦어도 다섯 시에는 여기를 나서 여섯 시 반에는 집에 도착하고 싶다. 저녁도 차려야 하고 빨랫감도 있고 내일은 일을 쉴 수 없으니 오늘밤은 빨리 잠자리에 들고 싶다.

두 시간 남았다.

먼저 해야 할 일은 무엇일까.

집중해서 생각하려고 눈을 꾹 감았다.

"지금 생각하니 자잘한 물건부터 손을 댄 게 잘못이었어."

후유미는 그렇게 말했지만 그 자잘한 물건으로 생활은 이루어지고 있지 않은가. 옷장이나 냉장고 같은 큰 물건을 정리하는 것도 물론 중요하지만 그건 그다지 시간이 걸리지 않는다. 업체에 맡기든 시청의 대형폐기물 수거에 의뢰해서 옮기면 금방 끝난다.

후유미가 무슨 말을 하는지도 안다. 예를 들어 식기장이나 서랍장 하나만 정리한다면 몰라도 집 전체라면 물건이 너무 많아 생각만 해도 패닉 상태에 빠질 것 같아. 그래서 눈이 띄는 물건부터 우선 쓰레기봉투에 집어넣고 싶어지고, 그렇게 지치고 말아.

"정신을 차리고 보니 밥을 먹는 것도 잊은 채 밤이 되었더라고."

실제로 나도 그렇게 되고 말았다. 여기에 올 때마다 점심을 먹는 것도 잊어버리고 정신을 차리니 점심이 지났다. 빨리 끝내고 싶은 마음에 손을 계속 놀리고, 창밖이 어둑어둑해지는 것도 모르고 공복도 느끼지 못한다. 마치 마법에 걸린 듯했다.

어찌됐든 일 초라도 빨리 정리하고 싶다.

그래, 아까 전화로 예약한 대형폐기물을 쓰레기 적치장까지 내놓자. 응, 그렇게 하자.

퍼뜩 눈을 뜨고 가방에서 대형폐기물 스티커를 꺼냈다. 그것을 좌식의자 두 개와 선풍기에 붙이고 쓰레기장까지 두 번 왕복하며 가지고 갔다.

겨우 그것만으로 다리 근육이 저리는 느낌이 든다. 별로 무겁지도 않은데 벌써 이렇다니. 아까 시어머니 정장을 버릴 때 아홉 번 왕복한 게 영향을 미치고 있다.

하지만 방에서 큰 쓰레기가 세 개나 사라진 건 기뻤다. 날씨가 좀 더 따뜻해지면 후유미를 설득해서 매일 걷기운동을 하며 다리를 단련하자고 긍정적으로 마음먹었다.

싱크대 아래 물건을 차례로 꺼내 쓰레기봉투에 넣고 있을 때 문득 집의 주방이 머리에 떠올랐다. 집에 돌아가서 지친 몸으로 저녁을 하는 모습을 상상하자 깊은 한숨이 새어나왔다.

"아아, 귀찮아."

분명 아침 된장국 남은 게 있을 거야. 냉장고 안에는 뭐가 있었지. 딱히 특별한 건 없었을지도. 역에 도착하면 마트에 들러야지. 머리가 맑을 때는 찬거리를 금방 정하지만 피곤할 때는 그러지 못한다.

"아, 그래."

무의식중에 손가락을 튕겼다.

좋은 생각이 떠올랐다.

순식간에 기분이 밝아졌다.

주방에 있는 종이상자에서 즉석밥과 인스턴트 카레 이

인 분을 꺼내 종이봉투에 넣었다. 오늘 남편의 저녁은 이 걸로 해결하자.

"어머니의 추억의 손맛이에요."

이렇게 말하면 남편도 아무 불만 없이 먹먹한 얼굴로 먹지 않을까.

그리고 싱크대 서랍에 꾹꾹 담겨진 행주들을 서슴없이 쓰레기봉투에 던져 넣은 다음 마트나 편의점에서 받은 스푼과 포크를 플라스틱 전용 쓰레기봉투에 넣었다. 그리고 낡아서 흠투성이의 스테인리스 스푼과 포크를 금속 회수용 봉투에 넣고 있을 때 문득 창밖을 보니 땅거미가 내리고 있었다.

해야 할 일이 너무 많아서 순식간에 시간이 지나 버렸다.

어두워지기 전에 가야지.

정리를 도중에 멈추고 서둘러 코트를 입고 머플러를 목에 둘렀다.

집 안의 창을 닫고 화기점검을 하고 나서 현관에서 부츠를 신을 때였다.

앗.

중요한 걸 잊고 있었다. 오늘은 꼭 썩기 전에 야채를 가져가야 한다.

이번 주 쓰레기 배출일은 어제가 마지막이었다. 게다가 운이 나쁘게 오늘은 미국의 대통령이 방문해서 모든 전철역의 쓰레기통은 봉인되어 있다. 역에 버리지 못하면 물러진 시금치를 들고 도쿄를 가로질러야 한다. 전철을 탔을 때 옆자리 사람이 냄새를 알아차리지 못하면 좋으련만.

그런 걱정이 한층 마음을 어둡게 했다.

선반에서 비닐봉투를 꺼내 두 겹으로 만든 다음 다시 그것을 담을 비닐봉투를 바닥에 놓고 입구를 벌렸다.

숨을 멈추고 야채 칸을 앞으로 당겼다.

응, 없네.

어째서?

저번에 왔을 때는 분명 있었는데. 절대 착각이 아니야.

오싹했다. 등 뒤에 누가 있는 것 같은 기분이 들어 재빨리 뒤돌았지만 아무도 없다.

시금치는 어디로 갔을까? 양상추는?

아까 사진을 찍었을 거야. 아니야, 찍은 건 냉장실이었어. 야채실과 냉동실은 물건이 별로 들어 있지 않아서 굳이 사진을 찍을 것도 없다고 판단했었다.

이전에 여기에 왔을 때가 삼일 전. 그 사이 누가 가져갔다고 생각할 수밖에 없다.

"무서워……."

서둘러 야채 칸을 닫고 코트와 가방을 쥐고 현관으로 달려갔다.

발이 꼬인다.

수상한 사람인지 유령인지 모르겠지만 누군가 계속 감시하고 있는 듯한 기분이 들었다. 현관문을 닫고 서둘러 열쇠를 잠근 뒤 계단을 단숨에 달려 내려왔다. 그대로 버스정류장까지 달려가고 싶었지만 숨이 차서 속도를 늦추며 생각했다.

수상한 사람 일은 남편에게 의논하는 편이 좋을까.

그런데 직접 본 게 아니잖아.

또 차분하게 생각하면 역시 착각이었나, 라는 생각도 든다.

남편은 최근 갑자기 일이 바빠져서 시답잖은 일은 가능한 이야기하고 싶지 않다.

그렇기는 하지만…….

아, 생각이 정리가 안 돼.

한 번에 이것저것 동시에 생각하는 일은 이제까지 육아

와 가사와 일을 양립하며 익숙해졌다. 하지만 유품정리는 그것을 훨씬 뛰어넘는 혼란을 가져다주고 있다.

오늘은 일단 남편에게 말하지 말자.

4

아버지의 열세 번째 제사를 치르기 위해 오랜만에 고향
을 찾았다. 남편은 일이 바빠서 이번은 혼자 갔다.

어머니 법요는 한 번도 하지 않았다. 어머니가 생전에
할 필요가 없다고 입이 닳도록 말했기 때문이다.

자신을 위해 애써 친척들이 멀리서 오는 건 당치도 않는
일이라고 어머니는 말했다. 주변에 폐를 끼치는 일이 그
무엇보다 싫은 사람이었다. 그 신념대로 어머니는 아무에
게도 폐를 끼치지 않고 조용히 돌아가셨다. 죽은 사람보다
산 사람을 우선 생각하는 사람이었다.

공항에서 버스를 타고 가던 도중 눈 덮인 산들을 바라보

왔다.

고향집은 마을 중심부에서 조금 떨어진 곳에 있다. 옛날부터 한적한 주택가로 대지가 삼백 평이 되는 육중한 전통 가옥이다. 불에 그슬린 검은 삼나무 판자 담으로 둘러싸인 오래된 집인데 현재는 동생부부가 살고 있다. 동생부부는 딸이 하나인데 지금은 결혼해서 도쿄에 산다.

어머니가 위암 선고를 받은 후 돌아가시기까지 일 년 반이었다. 진통제 이외의 치료는 거부하고 그동안 자신의 물건을 철저하게 정리했다. 그 무렵 아버지는 아직 건강하고 시장직에 있었기 때문에 아버지 신변은 동생 일가에게 맡기고 어머니는 복도 안쪽에 있는 여섯 첩 방을 거처로 정하고 들어앉았다. 식사는 바나나 하나 혹은 된장국 하나와 같이 극히 소량이었는데 미키가 가져다주었다고 했다.

암이 발병하고 얼마 되지 않아 어머니한테 편지가 온 적이 있다.

계절 인사나 병상 설명 같은 말은 일절 없이 갑자기 유품 분배 이야기를 꺼내셨다.

모토코에게

아래의 항목에서 원하는 물건이 있으면 말해다오.

1. 검은 도메소데[12]—제비붓꽃 그림

2. 이로도메소데[13]—진한 잿빛. 인도 왕의 행렬도

3. 호몬기[14]—연한 무지개 색. 송죽매에 다카라즈쿠시[15]

4. 츠케사게[16]—담황색, 단자쿠[17] 그림

5. 고몬[18]—자수정색, 반딧불이 무늬

6. 츠무기[19]—구루메카스리[20], 검푸른 색, 머루 그림

7. 반지—백금 받침에 비취 9호

8. 반지—백금 받침에 오팔 7호

9. 브로치—백금 받침에 아코야[21] 진주

10. 펜던트—18금, 다이아 하나

11. 목걸이—흑진주 피콕 컬러

---

12 일본 기혼여성 예복 중 하나로 소매 길이는 보통이며 무늬와 문장이 있다.
13 바탕색을 검은 색 이외의 색으로 한 도메소데.
14 일본 여성의 약식 예복. 나들이 옷.
15 여러 가지 보배를 합쳐 넣어 그린 무늬
16 어깨, 팔, 옷단에 앞뒤 같은 방향으로 무늬를 물들인 전통 옷.
17 가늘게 자른 얇은 나무나 종잇조각.
18 자잘한 무늬가 상하 구분 없이 들어간 기모노 중 하나.
19 명주실로 짠 견직물.
20 후쿠오카 현 남부에서 제조되는 비백무늬 직물.
21 아이치 현의 치다 반도에 있는 진주로 유명한 마을.

12. 목걸이—백금 18금 콤비

13. 핸드백—악어가죽, 짙은 갈색. 폭25×세로20×가로8

14. 핸드백—악어가죽, 검정, 폭35×세로30×가로12

손목시계와 소가죽 백 등은 사회복지센터 자선행사에 기부했다.

모토코 너는 정장이 11호였지. 7호는 작아서 입지 못할 테니 캐시미어 코트와 포멀 슈트 등은 모두 미키에게 주려 한다. 반지는 네 사이즈에 맞출 수 있으니 원하는 게 있으면 크기를 가르쳐다오. 기모노는 끈과 끈 조임 세트로 정리해 두었다.

미키는 몇 번이나 물어도 '저는 괜찮습니다'라며 사양하지만 그렇게는 할 수 없겠지.

연락 기다리겠다.

어머니가.

기모노 몇 벌과 브로치와 핸드백 등을 받았지만 모두 다 한 번도 사용하지 않고 옷방에 넣어 두었다. 딸에게 물어보았는데 필요 없다고 했다. 요즘은 간편한 걸 좋아하는 시대라서 과장스런 물건은 유행하지 않으니 무리도 아니다. 그렇다고 해도 작년 연말 집을 정리정돈 할 때 어머니 유품만은 중고매장에 넘기는 일도, 하물며 버릴 수도 없었다. 얼마 되지 않는 추억거리로 한동안 이대로 보관하고 싶다. 하지만 내가 죽은 후에는 어떻게 될까. 아이들에게 폐를 끼치게 된다. 그래도 시어머니 유품과는 비교할 수 없을 만큼 적다. 게다가 팔면 값이 붙을 듯한 물건도 있으니 부담으로 여길 정도의 일도 아니다.

동생부부가 맡아서 치른 법요는 원활하게 끝났다. 아버지와 어머니의 형제자매는 이미 모두 돌아가셔서 참석한 이는 고향에 살고 있는 몇 안 되는 사촌뿐이었다.

그날은 어머니가 쓰던 별채에 머물렀다. 아버지 방은 정원에 접해 햇빛이 잘 들어서인지 지금은 동생이 서재로 쓴다. 그러나 어머니 방은 돌아가신 당시 그대로 남겨져 있었다. 미키의 배려일까 아니면 단지 방의 수가 많아서 굳이 사용할 일이 없어서 그대로 둔 걸까.

목욕을 하고 나오니 "이불을 깔아 두었어요"라고 미키가 말을 걸었다.

"고마워. 폐를 끼쳐서 미안해."

"무슨 말씀이세요. 형님이 태어나고 자란 집인데요. 이 불도 햇빛이 좋은 날 말려서 포근할 거예요."

미키를 볼 때마다 마음씨 고운 사람이 동생과 결혼해서 다행이라 생각한다. 돌아가신 어머니도 분명 그렇게 생각 했을 것이다.

목욕을 하고 목욕수건으로 머리를 닦으며 오랜만에 별 채에 발을 들였다. 어머니가 돌아가신 지 어느덧 십오 년 이나 지났지만 방은 깨끗했다. 분명 미키가 자주 환기를 하는 듯하다.

어머니 방에 혼자 있으니 밤의 정적이 가슴에 사무친다. 흡사 산속 외딴 집에 있는 듯한 정적이다. 도쿄의 고요와 는 다르다.

난방을 끄고 이불 속으로 들어갔다. 좋은 세제향이 아련 히 묻어났다. 청결하고 나른해서 기분이 좋다.

오늘 아침 일찍 집을 나서 하네다 공항에서 이곳에 도착 한 뒤 바로 아버지 법요가 시작되어 쉴 시간도 없던 하루 였다. 그래서 몸이 지쳤을 텐데 좀처럼 잠이 오지 않는다.

똑바로 누워서 천정을 바라보고 있으니 어린 날의 기억 이 아련히 떠오르다 사라진다. 오십이 넘었는데 또 손자도 있는데 어머니가 그리워진다.

장지를 통해 달빛이 들어와 점점 어둠에 눈이 익숙해지자 벽 쪽에 있는 오동나무 옷장이 눈에 들어왔다. 어머니 전용 옷장이었다.

첫 번째 칸에는 작은 물건이 들어 있을 것이다. 예쁜 브로치나 좋은 향기가 나는 손수건. 어머니의 복장은 항상 세련됐는데, 그 반작용인지 손수건은 대담한 꽃무늬가 많았다. 그리고 두 번째 칸에는 장갑이나 머플러. 눈이 많이 내리는 곳에서는 필수품이다. 그 중에서도 손목 부분을 가죽으로 장식한 가죽장갑은 어린 시절 나에게 무척이나 동경의 대상이었다. 마치 그림에 나오는 외국 귀부인이 사용하는 물건 같아 넋을 잃고 바라보곤 했다.

그건 세 번째 칸이었나. 나비들이 선명하게 그려진 파우치가 들어 있던 건. 순간 이불을 박차고 일어섰다. 어머니가 보고 싶어서 견딜 수 없었다.

옷장에 다가가 첫째 칸을 살짝 열어 보았다.

아무것도 들어 있지 않았다. 그뿐 아니라 먼지 하나 없다.

둘째 칸도 셋째 칸도 넷째 칸도 아무것도 없었다.

어머니는 죽음을 향한 준비를 게을리 하지 않았다. 진

통제가 듣는 시간을 이용해 구석구석 청소했을 거야. 옷장 네 칸의 구석구석 먼지까지 청소기로 빨아들인 다음 마른 걸레질까지 했을지 모른다.

서랍 바닥에 코를 가까이 댔다. 어머니가 종종 피우던 '타나바타'라는 이름의 향기를, 하다못해 맡고 싶었다. 하지만 아무 향기도 나지 않았다.

괴괴한 방안에서 등이 서늘해지는 것 같은 허전함에 휩싸였다.

다다미 줄눈을 따라 발을 천천히 옮기며 앉은뱅이책상에 다가가서 책상 앞에서 정좌를 했다. 책상 위에 둔 양손으로 차가움이 전해진다. 어머니는 자주 여기서 등을 꼿꼿이 세우고 책을 읽었다.

나처럼 침대에 드러누워 방정맞게 읽는 사람이 아니었다.

시조 동인회에도 가입해서 매달 시조를 발표했다. 문이 달린 책장 안에는 동인지가 오래된 순서로 빼곡히 꽂혀 있었다.

지금도 있을까.

살짝 문을 열어 보니 그곳도 어김없이 텅 비어 있었다. 옷장과 똑같이 먼지 한 톨 없다.

어머니는 어떤 시조를 지었었지?

몇 번인가 상을 받은 적도 있었지.

그때는 책 앞머리에 소개됐지?

혹시 그 책도 버렸을까?

무의식중에 난폭하게 책상 서랍을 차례로 열었다.

거기에 아무것도 없다는 사실을 알자 이번에는 옷장 문을 힘껏 열었다. 문 열림이 부드러워서 소리가 크게 울렸다.

아무것도, 없었다.

방안을 둘러보았지만 시어머니 방과는 대조적으로 가구 자체가 적다. 방 한가운데에 깔려 있는 이불 위에 바로 앉아 숨을 죽이고 방을 빙 둘러보았다.

"어머니."

목소리가 갈라졌다.

어머니의 흔적은 그 어디에도 없었다.

시어머니 집에서 정리를 할 때는 늘 천정에서 노려보고 있는 듯한 기분이 들었는데.

시어머니는 죽은 후에도 여전히 집요하게 비난 어린 눈으로 나를 바라보며 내가 하는 모든 일이 마음에 들지 않는다는 듯 일일이 간섭을 하는 듯한데.

어머니, 어머니는 어떤 사람이었죠?

어머니의 존재가 환상이었던 것 같아요. 정말로 실재했나 싶을 정도로 위대한 사람 같은 느낌이에요. 시어머니는 생전에 잘 알고 있었을 뿐더러 죽은 후에도 여러 가지를 알게 되었는데. 빈 만두 상자에 들어 있던 반쪽자리 콘서트 티켓을 보면 가야마 유조나 히카와 기요시나 유키 사오리 콘서트에 종종 갔다는 사실도 알 수 있고, 루미네 더 요시모토의 새로운 희극이나 만담, 싸구려 온천 투어로 일본 전국을 돌아다녔다는 걸 알 수 있어요. 열 장 가까이나 되는 꽃무늬 싸구려 비닐 가방이나 고양이 무늬 신발을 봐도 그 사람의 취미를 알 수 있어요. 하지만 어머니는 트로트나 유행가에도 관심이 없었고, 만담도 듣지 않았죠. 그럼 클래식은 어땠나요? 콘서트에 간 적은 있었죠? 어떤 오케스트라의 어떤 곡이었죠? 여행은 어땠나요? 누구와 어디를 갔죠? 아, 그랬죠. 아버지가 시장이 되고 나서는 모두와 교류를 끊었죠. 쇼핑도 잘 가지 않았죠. 호우 피해 후 새 옷을 사 입었다고 오해할까 봐 집에 있는 오래된 옷으로 충분하다고 말씀했죠. 그런데 어머니는 인생이 즐거웠나요? 어머니는 유품뿐 아니라 추억도 적어요. 그런데 나는 시어

머니와의 추억은 많아요. 그 대부분이 화가 나는 일이라고
해도요.

시어머니는 사람 냄새가 났어요. 비릴 만큼. 세속적인
사람이었어요. 구두쇠면서 낭비하는 사람이었죠. 말이 많
았어요. '아카네 앙꼬'라는 전통과자를 아주 좋아했고 오하
기 떡을 잘 만들었어요. 다른 사람 험담하기 좋아하고 텔
레비전에서 권선징악 역사드라마를 보면 늘 눈물을 흘렸
죠. 단순했어요. 바보 같았어요.

그런데 어머니는 대체 어떤 사람이었죠?

저를 어떻게 생각했죠?

다시 이불 속으로 들어가 입가까지 이불을 끌어올리고
천정을 바라보자 서글픔이 가슴에 밀려왔다.

다음날은 신사에서 축제가 있었다.

삼일 연휴여서 어쩌면 고등학교 친구 중 누군가 고향에
오지 않을까 하는 작은 기대를 가지고 메일을 보냈더니 운
좋게 가장 친하던 미치에와 연락이 닿았다.

둘이서 동네를 걷는 건 몇 년 만일까. 어쩌면 고등학교
이후로 처음일지 모른다.

축제 때문에 온 동네는 모두 차량통행금지 지역으로 변했고 도로가에는 빽빽하게 포장마차가 들어서 있었다.

예년처럼 인기 많은 붕어빵 가게 앞에 줄이 늘어서 있었다. 최근에는 노점상도 청결을 최우선으로 따진다고 한다. 이 붕어빵 가게만 해도 오사카에 큰 점포를 가지고 있고 포장마차라고 여겨지지 않을 만큼 골격이 튼튼하고 깔끔하다. 예전에는 트럭을 몰고 와서 그 안에서 자고, 붕어빵 만드는 데 쓰는 물은 큰 시계 앞에 있는 연못의 물을 쓰는 건 아닐까, 하고 미심쩍어 했다. 그러고 보니 수상쩍은 컬러 히요코[22]도 언제부턴가 자취를 감추었다.

미치에와 둘이서 붕어빵을 하나씩 사서 신사의 빨간 기둥 문을 몇 개나 지나 이윽고 신사가 있는 전망대에 도착했다. 돌로 된 벤치에 나란히 앉자 마을이 한눈에 들어왔다. 돌의 냉기는 엉덩이 밑에 깐 다운재킷이 대충 막아 주었다.

"아직 춥네."

그렇게 말하고 미치에는 붕어빵을 반으로 나누어서 꼬리부터 베물었다.

---

22 1912년 무렵 이즈카 시에서 만들어진 병아리 모양의 과자.

고향에 온 건 미치에도 오랜만이라고 한다. 미치에는 고후로 시집을 갔고 거기서 남편의 본가가 하는 와이너리를 돕고 있다. 아이는 둘 모두 몇 년 전에 독립했다고 한다.

"모토코는 좋겠네."

"갑자기 무슨 말이야?"

"모토코는 동생부부가 있어서 고향집을 지켜 주잖아. 우리 집은 어머니가 돌아가시고 난 뒤로 계속 빈집이야."

미치에는 세 자매 중 장녀인데 세 명 모두 멀리 시집을 갔다.

"유지비도 큰일이고. 이번에도 집이 아닌 호텔에서 머물고 있는걸."

미치에 말로는 기본요금이라고 해도 광열비도 무시할 수 없어서 전기와 가스도 끊었다고 한다.

"집을 내놓은 지 몇 년이 지났는데 아무리 가격을 내려도 팔리지 않아서 난처해."

미치에의 고향집은 역에서 버스로 십 분 정도 걸린다. 넓은 대지에 세련된 단층집이다.

"마음먹고 1억 9천 8백만 원으로 내렸어. 꼭 마트 할인판매 같지. 그런데 일 년이 지나도 팔리지 않아. 그래서 동생들과 의논해서 조금씩 가격을 내리다 보니 지금은 6천 8백만 원인데 그래도 안 팔려."

"아니, 그렇게 좋은 집인데?"

미치에 집에 몇 번 놀러간 적이 있는데 부농다운 풍정이 있는 구조였다. 마룻바닥 화로 사이에는 역사가 느껴지는 거무스름하게 그을린 중후한 대들보가 있다.

"그렇게 싸면 내가 사고 싶을 정도네"라고 모토코가 말했다.

"맞아, 모두들 입으로는 그렇게 말해"라며 미치에는 쓴웃음을 지었다. "하지만 싸다고 덥석 사 버리면 나중이 큰일이지."

"도시 사람이면 별장으로 사용하고 싶어 하지 않을까."

"별장은 관리인이 없으면 안 돼. 사람이 살지 않으면 집은 점점 낡기 마련이야. 지금은 친척에게 부탁해서 일주일에 한 번 환기를 위해 들리는데, 그렇게 몇 년 계속하니 부담을 느끼는 것 같아. 그래서 될 수 있으면……."

미치에는 갑자기 입을 닫았다.

"왜 그래? 될 수 있으면, 뭐?"

"어머니가 전부 처분하고 돌아가셨더라면 얼마나 좋았

을까, 생각해."

"처분이라니, 집을 통째로, 라는 뜻?"

미치에의 어머니는 암으로 입원과 퇴원을 반복하다 마지막은 오연성폐렴으로 돌아가셨다.

"미치에, 그건 어려웠잖아. 어머니가 요양원에 들어간 것도 아니어서 마지막까지 살 집은 필요했잖아. 어떻게 파실 수 있었겠어."

"맞아. 현실적으로 집을 파는 건 어려웠다고 생각해. 그래도 어느 정도 방도를 세워 놓길 바랐어. 우리는 자매 셋 모두 고등학교 졸업과 동시에 도시에 있는 학교에 진학했잖아. 그래서 고향이란 의미를 정말이지 잘 모르겠어."

"무슨 말인지 잘 알겠어. 나도 똑같아. 이 동네에서 지낸 건 부모님이 돌봐 주던 어린 시절뿐인걸. 어른으로서의 교류 방법도 모르고, 마을 자치회의 상식 같은 것도 모르니."

"그렇지? 집을 허물어 나대지로 해도 괜찮은지, 가재도구만 해도 유서 깊은 느낌의 멋있는 물건이 많은데 그걸 버려도 될지, 아니면 아버지가 나고 자란 집이니 아버지의 모든 친척에게 연락해서 필요한지 물어봐야 하는지, 어느 부동산에 맡기면 좋은지, 얼마로 팔아야 좋은지, 정말이지 모르는 것 투성이이서 큰일이었어. 세 자매 중 누구 하나 고향에 살지 않아서 지역 사정과 시세도 모르니 부동산중개업자 마음 내키는 대로야. 게다가 모토코의 집과 달라서 우리는 시골이니 아무리 싸도 팔릴 것 같지 않아."

"무슨 우리 집도 시골이야."

"그건 도쿄에서 보면 모두 시골이지만 모토코 집은 상점가에서 가깝잖아. 하지만 우리 집은 이웃집까지 논밭이 쭉 이어진 외진 곳이야."

"하지만 마을 중심도 요즘은 안 팔린데."

"그런가. 그럴지도. 과소화 속도가 빨라지는구나. 그런데 진짜 문제는 집보다 논이야. 우린 2만m^2 정도나 있는걸. 어떻게 해야 좋을지 도저히 모르겠어."

"논은 원래 잘 안 팔리는 건가?"

"당연하지. 거기에 산도 있는걸."

"미치에 집은 산 소유자였어? 대단한데."

"무슨, 그런 걸 자랑하던 시절은 예전에 갔어."

최근에는 부동산不動産을 부동산負動産으로 바꿔 부르게 됐다고 어느 책에서 읽었다. 그러고 보면 시어머니는 만년에 임대 단지에 살아서 부동산을 남기지 않은 대신 부동산

負動産도 남기지 않았다. 완전히 깨끗하게 다 써 버리고 죽는 인생도 좋을지 모른다고 그때 처음으로 생각했다.

그 뒤에 미치에와 역 앞 레스토랑에서 저녁을 먹었다. 모처럼 고향에 와서 이틀 묵을 예정이었지만 미키에게 저녁 준비까지 시키는 건 미안하게 여긴 연유도 있다.

미치에와 역 앞에서 헤어진 뒤 집으로 갔다.

별채로 가는 복도를 걸어가는데 미키가 문 너머에서 말을 걸었다.

"형님, 커피 어떠세요?"

"고마워. 마실까."

문을 열고 거실로 들어가자 신문을 읽고 있던 동생 다츠히코가 한손을 들며 아는 체했다.

넓은 거실은 전통과 서양을 절충한 마루방으로 소파가 널찍하게 배치되어 있다. 조명의 조도가 낮고 분위기도 차분해서 어릴 때부터 이 방이 좋았다. 같은 반 친구가 외국 동화에 나오는 방 같다고 말한 적도 있는 자랑스러운 방이기도 하다.

미키가 내린 감칠맛 나는 커피를 천천히 음미한다. 난방을 알맞게 틀어서 소파 깊숙이 파묻히면 아늑하게 쉴 수 있었다.

"실은 말이야"라고 동생이 무언가 결심했을 때와 같은 얼굴로 이쪽을 보았다. "우리, 이 집을 내놓을까 생각하고 있어."

"뭐, 이 집을 판다고? 왜? 팔고 너희들은 어디서 살려고?"

나도 모르게 연달아 질문을 쏟아 냈다.

이 집이 다른 사람 손에 넘어가는 게 싫었다. 그렇지만 고향집을 유지하는 데 어떤 도움도 줄 수 있을 것 같지 않다. 그래서 동생부부에게 팔지 말라고 부탁할 수도 없다.

"집사람이 도쿄로 돌아가고 싶다고 해서. 가호도 도쿄에 살고 있고."

미키는 도쿄 출생이었다. 동생인 다츠히코와는 대학생 때 알게 되어 결혼하고 아는 사람 한 명도 없는 이곳으로 시집왔다. 외동딸인 가호는 도쿄의 대학을 나와 그대로 도쿄에서 취직하고 결혼했다.

"가호가 이제 곧 엄마가 된다고 해. 일을 계속하고 싶어 하니 가능하면 근처에서 살며 아이 키우는 걸 도와주려 해."

"그랬구나. 그러면 가호도 좋겠네."

"나도 이제 곧 정년이고."

"네가 육십이 되려면 아직 육 년이나 남았잖아."

"이 근처 땅은 점점 가격이 내려가고 있으니 빨리 팔아치우는 편이 좋을 거 같아."

"정년까지 육 년 동안 어디에 살려고?"

"회사 근처 맨션을 빌리려고 해. 도쿄와 달리 이쪽은 집세가 싸고 부부 둘이니 좁아도 상관없고."

"거기에……"라고 미키가 조심스럽게 둘의 대화에 끼어들었다. "이렇게 큰 단독주택을 처분하려면 조금이라도 젊고 체력이 있는 동안이 좋을 것 같아요."

"일리 있는 말이네."

동의할 수밖에 없었다. 유품정리의 고됨은 바로 지금 내가 체험하고 있다.

이 집은 몇 세대나 전부터 살던 단독주택이었다. 그런 집을 처분하는 일은 3DK 단지에 비할 바가 아니다.

정년퇴직을 계기로 전원생활을 시작한다는 말은 종종 들었지만 동생부부처럼 도시로 이주하는 선택지가 있다는 사실은 생각도 못 했다. 지금은 가업을 잇는다는 사고방식이 사라지고 자유롭게 살아갈 수 있게 되었다는 의미에서는 환영할 만한 흐름일지 모른다. 하지만 이 집을 팔면 이제는 정말 어머니의 추억이 뿌리 채 사라져 버리는 것 같아 심경이 착잡했다.

"태어나고 자란 집이 없어지는 건 안타깝지만"이라고 다츠히코는 누나의 마음을 헤아리듯 말을 이었다. "노후화돼서 보수하는 것도 큰돈이 필요할 것 같아."

동생은 미안한 표정을 짓고 이 집에서 보낸 어린 시절을 떠올리는지 눈은 먼 곳을 응시했다.

5

K시청에 전화를 해서 대형폐기물 배출 신청을 했다.

"서랍장 세 개, 부탁합니다."

"가로, 세로, 폭을 합한 길이를 말씀해 주십시오."

"하나는 245센티, 또 하나는 285센티, 세 번째는 325센티입니다."

모토코는 미리 잰 크기를 막힘없이 말했다.

"알겠습니다. 처음 게 8천 원, 다음 게 1만 2천 원, 다음 것도 1만 2천 원입니다. 2천 원과 3천 원 스티커를 합쳐 붙여서 당일 아침 여덟 시까지 배출해 주십시오. 그럼 잘 부탁드립니다."

서둘러 그렇게 말하고 바로 전화를 끊으려 한다.

"아, 여보세요. 여보세요. 죄송한데, 있잖아요."

"네?"

"육십오 세 이상의 세대인 경우 방까지 가구를 가지러 온다고 홈페이지에 쓰여 있던데요."

"전화 거신 분은 몇 살이시죠?"

"일흔 여덟입니다."

대답이 없다. 목소리가 젊어서 본인이 아니란 걸 알아차린 걸까.

"제가 아니라 어머니가 이 집 주인이세요. 그러니까 시어머니 집을 정리하러 온 거예요."

내가 주민이 아닌 게 들통나도 어쩔 수 없었다.

"아, 그렇군요. 그렇게 된 거군요."

이해했다는 말투에 안도했다. 유족이 유품을 정리하러 오는 건 당연한 일이기 때문에 애초에 걱정할 필요가 없었는지 모른다.

"근처 아는 분에게 도움을 받으실 순 없으신지요."

"네, 근처에 아는 사람은 없는데요."

내가 아는 사람은 없지만 시어머니가 아는 사람은 많을

것이다. 그 점을 파고들면 곤란하다.

"자제 분은 계시지요? 그러니까 전화 거신 분의 남편 분요."

"남편은 육십이 다 돼서 큰 가구를 옮기는 건 무리에요."

설령 이십 대 남자라고 해도 혼자서 옮기기 어렵다. 이삿짐 직원이나 운송회사 직원처럼 익숙한 사람도 몇 명은 달라붙어야 하지 않을까.

홈페이지에는 친절하게 적혀 있는데 속내는 가능한 피하고 싶은 듯하다. 예산에 여유가 없는 걸까.

"남편 분이 육십이 다 되셨다면, 그럼 어쩔 수 없군요. 아까 세 개의 합계를 말씀드렸는데 업체에 배출을 의뢰하는 경우는 가로, 세로, 폭을 정확하게 전달해야 하니 다시 한 번 처음부터 말씀해 주세요."

담당자의 말투가 묘하게 차갑게 들려 기분이 좋지 않다. 오십이 넘었는데 아직도 상대방의 사소한 태도에 민감하게 상처를 받는다. 그런 나를 극복하려 노력한 지 어느덧 삼십 년도 넘었는데, 한심하다. 성격은 그리 쉽사리 바꿀 수 있는 게 아닌 듯 골치가 아프다.

크기를 상세하게 말하고 드디어 전화를 끊었다.

언젠가 대학 친구가 한 말이 불쑥 떠올랐다.

"난 전업주부가 싫어. 말을 완곡하게 잘 포장해서 하지 않으면 상처받은 표정을 지으니 그렇게 성가실 수 없어. 나는 죽 회사에서 일하고 있으니 한가롭게 직설적인 말투에 상처받을 틈이 없어. 뭐, 달리 말하면 매일 상처를 받아서 너덜너덜하지만."

전문직인 그녀의 입장에서 보면 파트타임은 일이 아니라 그저 전업주부에 불과한 듯했다.

하지만 현실에선 계약직은 얼마든지 갈아치울 수 있다고 생각하는 듯, 본사에서 일주일에 두 번 오는 삼십 대 영업과장에게 벌레 같은 취급을 받는 경우도 적지 않다. 굴욕적인 기분이 든다는 점에선 그녀보다 횟수는 많을지 모른다. 그런데도…….

"당신의 바람이 이루어지도록, 나는 언제나."

예전에 부르던 노래를 흥얼거렸다.

무엇이 계기였을까, 노래를 부르면 조금은 기분이 풀어지곤 했다.

인생은 얼마 남지 않았어. 풀이 죽어 있을 틈이 없어. 어차피 모두 죽어. 잘난 사람도 못난 사람도 부자도 가난한 사람도 모두 죽어. 남편의 부모도 내 부모도 죽었어. 그게 증거야.

"자, 그럼 이제."

팔짱을 끼고 방을 둘러보았다.

서랍장 안을 모두 비워야 한다. 세 개나 있다. 양복장의 아래 칸도 아직이다. 그리고 현관에서의 동선도 확보해야 한다.

바닥에 놓아 둔 대량의 종이상자와 디엠과 신문지에 눈길을 준다. 어쩌면 너무 성급하게 시청에 전화를 한 게 아닐까. 이 모든 걸 서랍장 수거일까지 정리할 수 있을까. 난 왜 이렇게 앞뒤를 생각하지 않고 일을 저질러 버리는 걸까.

그저 큰 물건을 어떻게든 빨리 처리하고 싶었다. 눈앞에서 치우고 싶었다. 그렇지 않으면 일이 조금도 진척되지 않은 기분이 든다.

괜찮아. 어떻게든 되겠지. 아니, 어떻게든 하자.

일은 토요일에 출근하기로 하고 금요일까지 쉬기로 했다.

좋았어. 남은 이틀 힘내자.

방안에서 마치 하늘을 우러러 보듯 양손을 펼치고 심호흡을 했다.

하나씩 착실하게 집중해서 치우면 언젠가는 끝이 날 거야. 영원히 끝나지 않는 일은 없으니까.

일과 가사와 양육을 병행하는 날들 속에서 어느새 여러 일을 동시에 생각하는 습관이 뼛속까지 배었다. 하지만 유품정리 작업 중에는 봉인하는 편이 좋을 것 같다. 해야 할 일이 너무 방대해서 공황상태에 빠질 것 같다.

하나씩, 차근차근.

그래, 차분하게 확실하게.

우선 디엠이 더 이상 오지 않도록 해야 한다. 아까 일 층에 있는 우편함을 보니 팸플릿이 또 두 개나 와 있었다.

팸플릿에 적힌 번호에 전화해서 중지를 요청했다. 모두 이유를 묻지 않고 받아들여서 열두 곳이나 됐는데 의외로 금방 끝났다.

그 뒤 가장 큰 쓰레기봉투를 한 장 꺼냈다. 입구를 벌리고 힘껏 허공에 휘저어 공기를 넣어 부풀렸다.

"시작"하고 기합을 넣고 안쪽 방으로 돌진했다.

가장 큰 서랍장 앞에 섰다.

서랍장 위에는 똑같은 폭의 인형 장식장이 얹혀 있었다. 요즘 젊은 세대는 인형 장식장이라는 말을 알고 있을까.

각 지역 특유의 장식물 등을 소중하게 간직하는 습관은 이미 내 세대에도 찾아볼 수 없다. 지역 특산의 장식물을 사오는 일도 사라졌다. 친구나 이웃 사이에도 특산물이라고 하면 온천 만두나 말린 생선 같이 이른바 소비하는 물건밖에 사지 않는다.

인형 장식장을 올려다보았다.

크고 작은 다양한 목각인형, 나무 조각 곰, 자기로 만든 커다란 사자 한 쌍, 조가비로 만든 개구리, 세로 이 센티 정도 되는 장기 말, 빨간 영국병정, 태엽을 감으면 소녀가 빙글빙글 도는 오르골, 고무로 만든 호빵맨, 솔방울로 만든 너구리, 도자기로 만든 복을 부르는 고양이, 아카베코[23], 젊은 스님 오뚝이, 방울이 좌우에 딸린 작은 북…….

버리기에 주저되는 물건은 하나도 없었다.

그렇게 생각했는데 혹시 남편에게는 추억 어린 물건이 하나 정도 있을지 모른다. 먼저 휴대폰 사진을 찍자. 가족의 추억을 사진 한 장에 담아 보존하는 건 이제는 널리 퍼진 '단샤리' 방법이다. 뭐하면 나중에 사진관에서 프린트하면 된다.

---

23 후쿠시마 현 아이즈와카마츠 시에서 만든 머리를 흔드는 소 모양의 향토 장난감. 종이를 여러 겹 붙여 말린 뒤 틀을 빼내 만든다.

남편에게 사진을 보여주고 결정하라고 하자. 어차피 여기긴 남편의 집이니 나는 어디에 어떤 추억이 담겨 있는지 알 방도도 없다. 인형 장식장 정리는 내일 이후로 미루기로 하고…… 우선 서랍장 안을 빨리 처리하자.

첫째 칸에는 손수건과 스카프가 가득 들어 있었다.

손수건은 대체 몇 장이나 될까. 한결같이 싸구려 같다.

친어머니는 손수건을 다섯 장 정도밖에 가지고 있지 않았다. 모두 백퍼센트 실크였고 추운 날에는 스카프로 변신하는 큰 사이즈다. 어머니는 목욕을 하는 김에 손수건을 손빨래하고 반쯤 말랐을 때 다림질을 했다. 좋은 물건을 소중하게 오랫동안 쓰는 습관이 몸에 밴 사람이었다.

그에 비해 시어머니의 쇼핑 방식은 어떤가. 싼값에 혹해 사니 몇 개를 사도 만족하지 못한다. 친어머니처럼 마음에 드는 물건이 고가라도 과감하게 사면 개수가 이 정도는 되지 않을 것이다. 원래 아무리 비싸도 손수건은 터무니없을 만큼 비싸지 않다. 결국은 친어머니보다 시어머니가 손수건 같은 데 돈을 많이 쓴 인생이 아닌가.

시어머니, 지금이니까 분명히 말씀드리는데, 저는 이런 쇼핑 방식은 경멸해요.

천정 구석을 힐끗 올려다보았는데 오늘은 노려보는 기분이 들지 않았다.

그래요. 시어머니는 애초에 제 말에 귀를 기울이지 않았죠. 지금도 무시하시죠. 알고 있어요. 손수건도 폴리에스테르 스카프도 제 취향에는 맞지 않으니 미안하지만 버릴게요.

둘째 칸 서랍을 열자 속옷이 가득했다. 셋째 칸부터는 모두 양복이 빼곡히 들어 있다. 서슴없이 차례로 쓰레기봉투 속으로 집어던졌다. 시어머니는 나이가 들어도 화려한 무늬와 고양이 그림이 달린 귀여운 정장을 아주 좋아했다.

그런 물건은 전 잠옷으로도 싫어요. 언제 지진이 일어나도 이상할 게 없는 세상이에요. 이런 무늬 옷을 입고 대피소에 가고 싶지 않아요. 재난이 발생한 때에는 갈아입을 옷도 쉽게 구할 수 없는 상황일 테니 일주일이나 입던 옷을 그대로 입고 있어야 해요. 그러니까 손자가 있는 나이대의 여자가 가슴에 커다란 고양이 그림이 달린 운동복을 계속 입어야 한다는 말이에요. 대피소에 있으면 아이들이 '고양이 할머니'라고 놀릴 게 뻔해요. 입이 거친 남자아이는 '고양이 할망구'라고 부르지 않을까요. 네? 손녀 와카바요? 걔가 이런 걸 입을 리가 없죠. 분명 '죽어도 싫어'라고 할 거예요. 요즘 젊은 여자애들은 아주아주 심플한 옷밖에 입지 않으니 말이에요.

쓰레기봉투가 가득차서 주둥이를 묶었다.

그리고 곧장 새 쓰레기봉투를 꺼내 바람을 넣어서 부풀렸다.

내가 아는 사람 중에 15호 정장을 입는 사람은 없다. 그래서 센스를 따지기 전에 사이즈가 너무 커서 망설임 없이 버릴 수 있다. 옆집 사나에는 꽤 통통하지만 아직 젊어서 이런 건 좋아하지 않을 것 같다.

아깝다는 생각이 들지 않는 게 얼마나 고마운 일인가.

뚱뚱해서, 고맙습니다. 그리고 버리기 아까운 고급 브랜드 정장은 한 벌도 사지 않아서 감사합니다. 이건 절대 비꼬는 게 아니에요. 죄책감 없이 처분할 수 있는 기쁜 일이에요. 아깝다고 생각하는 횟수와 스트레스가 비례하니까 말이에요.

생각할 여지도 없이 착착 쓰레기봉투에 집어넣기만 하니 서랍장 안이 순식간에 텅텅 비었다.

그리고 마지막으로 서랍장 정면에 대형폐기물 스티커

를 붙이자 기분도 상쾌하고 성취감이 온몸에 퍼졌다. 하지만 아직 두 개나 더 남았다.

그 후 집에서 가져온 좋아하는 홍차로 휴식을 취했다. 컵을 든 채 창가로 가서 아무 생각 없이 유리창 너머 베란다에 눈길을 주었을 때였다.

"어머?"

커다란 돌이 없어졌다. 벽돌과 기와도.

화분은 전부 겹쳐져 있었다. 어째서? 누가?

안도 비었다. 말라비틀어진 꽃과 줄기는 어떻게 된 거지? 마른 흙은 어디로 사라졌지?

절대 착각이 아니다.

당황해서 주머니에서 휴대폰을 꺼내 저번에 왔을 때 찍은 사진과 비교했다.

역시 틀림없었다.

누가 이곳을 드나들고 있나? 하지만 현관문을 부순 흔적도 없고 유리창도 깨지지 않았다.

그렇다면 누가 만능키를 가지고 있나? 전문털이범이라면 현관 키 정도는 손쉽게 열 수 있을 것이다. 빈집털이라면 사 층이라도 베란다 쪽에서 들어올 수 있을지 모른다.

어차피 잠금장치 하나가 고장이 나 있다.

그러나 훔쳐가도 곤란한 물건은 하나도 없다. 무엇보다 화분의 흙과 고목을 탐내는 사람이 있을 리 없다. 아무리 생각해도 친절하게 대신 버렸다고 생각할 수밖에 없다.

누가 그런 일을 했는지 몇 번을 생각해도 알 수 없었고, 기분이 꺼림칙했지만 적어도 흉기를 든 강도는 아닌 듯했다. 이쪽에 대해 악의도 없는 것처럼 보였다.

석연치 않은 채 그날도 돌아갈 때 방의 상태를 모두 사진에 담았다. 옷장과 작은 벽장, 냉장고, 냉동고, 야채실, 그리고 베란다도 휴대폰에 모조리 담았다.

오늘은 더 이상 아무것도 손대지 말자. 다음에 왔을 때 어디 달라진 데가 없는지 확인해야겠다.

바닥에 흐트러진 물건을 발로 차지 않게 조심조심 발을 옮기면서 현관으로 향했다.

정류장에서 버스를 기다리는 동안 생각했다.

이제까지의 여러 일은 아무리 생각해도 착각이 아니야. 에어컨이나 코다츠를 직전까지 사용하고 있었다고 생각할 수밖에 없을 만큼 따뜻했던 일, 썩기 직전의 야채가 사라진 일, 화분의 말라비틀어진 식물과 흙과 돌이 사라지고 친절하게도 화분이 겹쳐 있던 일.

남편에게 말해야 할까. 남편은 밝게 행동하지만 순간순간 외로워 보이는 표정이 엿보일 때가 있다. 어머니가 갑자기 돌아가신 충격에서 회복하지 않은 건 아닐까. 외동아들이어서 부모와의 추억을 이야기할 형제자매도 없다. 그럴 때 어머니의 집에 누군가 드나든다는 사실을 알면 더 슬퍼질 것이 분명하다.

서둘러 벗어나려고 종종걸음으로 공원에 들어섰다.

주위가 어둑어둑해지고 있었는데 그네 앞에서 쇼핑을 끝내고 돌아가는 젊은 주부들이 유모차를 세우고 한창 이야기에 빠져 있었다. 사람의 기척이 이렇게나 안도감을 주는 것 같다. 시어머니 방에서는 사람의 기척이 그렇게나 무서웠는데.

그녀들 옆을 지나치던 그때였다.

"어머, 이런 곳에 돌을 버리는 사람이 있네"라는 말이 들렸다.

"흙도 버렸나 봐. 여기 좀 볼록하게 올라와 있어."

나도 모르게 발길을 멈추고 그녀들이 가리키는 곳을 훔쳐보았다.

"아이들이 걸리면 위험하겠어"라고 말하며 구두 뒤꿈치로 흙을 평평하게 하고 있었다.

혹시 그 돌과 흙은 시어머니 베란다에 있던 게 아닐까. 누가 일부러 여기에 버리러 왔을까. 대체 무엇 때문에?

기묘한 일이 계속 생긴다. 하지만 귀중품을 도둑맞은 건 아니다. 애초부터 귀중품은 시어머니가 입원 중에 남편이 가져왔다.

어쩌면 누군가 정리하느라 지친 나를 도와주고 있는 게 아닐까. 그 누가 누구야. 그런 일이 있을 리 없잖아.

머리가 혼란스럽다. 지친 머리로 더 이상 생각은 그만. 집을 통째로 정리하는 일은 비록 3DK라고 해도 이렇게나 지치게 한다. 오늘은 더 이상 머리가 안 돌아간다.

그냥 바다나 멍하니 바라보며 가만히 있고 싶다.

집에 도착해서 바로 저녁 준비에 들어갔다.

피곤한 때일수록 서둘러 요리를 끝내지 않으면 나중에 피로가 몇 배나 더 쌓인다.

아침에 나가기 전에 술과 미림과 생강간장에 담가 둔 돼지고기를 볶은 다음, 프라이팬에 표고버섯과 냉장고에 있던 남은 채소를 볶아서 소금과 후추로 간을 내고, 녹인 버터를 조금 묻히고 간장 몇 방울을 붓자 끝. 순식간이었다.

남편은 오늘도 늦었다. 텔레비전을 보며 혼자 저녁을 끝냈다. 그리고 세탁물을 개고 샤워를 한 다음 소파에 앉아 꼼꼼히 이를 닦고 있는데 남편이 돌아왔다.

나물을 전자레인지에 데우고 밥을 담는 동안 남편은 스웨터로 갈아입었다.

"아오가 또 현관 앞에 있더군."

남편은 그렇게 말하고 냉장고에서 캔 맥주를 꺼냈다.

아오는 옆집 사내아이다. 초등학교 저학년 정도일까, 부모 모두 귀가가 늦어서 밤늦게까지 현관문을 나왔다 들어갔다 하며 부모가 돌아오기를 기다린다. 여기는 분양 맨션이지만 월세로 사는 세대들이 있는데 옆집이 그 중 하나다. 아오네 집은 작년 가을에 이사 왔는데 인사하러 오지 않아서 가족 구성이 어떻게 되는지도 모른다. 아오는 '파란' 운동복을 입고 있을 때가 많아서 남편이 '아오[24]'라고 부르기 시작했다.

---

24 일본식 읽기. 파랑이란 뜻이다.

"아오는 저녁은 먹었는지 몰라."

"뭐, 뭐든 먹었겠지. 벌써 열 시인데. 그래도 이렇게 밤늦게까지 저런 쪼그만 아이를 혼자 두다니 대체 부모는 무슨 생각인지."

"불쌍해요."

"괜히 상관하지 마. 어차피 제대로 된 부모도 아닐 테니. 아버지가 야쿠자면 어쩌려고."

"그럴 리 없어요."

"어떻게 알아?"

"부부가 모두 아침 일찍 정해진 시간에 출근하는걸요. 두 사람 모두 정장차림이고. 분명 잔업이 많아서 늦는 거뿐이에요."

"흠, 하지만 사람은 겉모습만 봐서는 모른다잖아. 또 아이를 늦은 시간까지 혼자 두는 마음을 난 이해할 수 없어. 아무래도 이상한 부모들이야."

"지금은 맞벌이 시대에요. 어머니에게 단축근무 배려가 있는 건 아이가 어렸을 때뿐이에요. 초등학교에 들어가면 그렇게도 못 해요."

"그러고 보니 우리 회사 여직원들도 그럴지도……."

부부가 함께 아침 여덟 시에 집을 나서는 걸 보면 하루 근무시간이 너무 길다. 남편도 예외가 아니다. 우리는 언제까지 잔업 대국일까.

벌써 삼십 년 전 일인데 갓 결혼했을 무렵은 우리들도 각성해서 정시 퇴근 세상이 된다고 기대했는데, 정반대였다니. 요즘은 한층 더 심해진 것 같다.

아오는 늘 마음에 걸렸다. 어릴 때의 내 아이와 옆얼굴이 닮았다. 하지만 다른 사람 집안일에 간섭을 할 수도 없어 보고도 못 본 척할 수밖에 없다. 주얼리 미유키에서 일을 하고 있을 때나 마트에서 물건을 살 때도 문득 아오의 무표정한 얼굴이 떠오를 때가 있다. 그때마다 마음이 어두워진다.

남편은 맛있게 맥주를 마시면서 느긋하게 저녁을 즐기고 있다. 모토코는 차를 따라서 남편의 맞은편에 앉았다.

"어머니 집 말인데요, 이상한 일이 계속 일어나요."

코다츠의 따뜻함이나 냉장고 안의 야채가 사라진 일, 화분과 돌 일을 남편에게 이야기했다.

"착각이겠지."

"아니에요. 정말이라니까요."

"어머니가 장난을 치시나."

"당신, 귀신을 믿는다고요?"

"지금 처음으로 믿고 싶어졌어. 갑자기 돌아가셨으니."

"좀 진지하게 들어요. 난 도둑이 아닐까 싶어요."

"도둑이라면 돈이나 귀금속을 노리겠지. 화분이나 말라 비틀어진 관엽식물을 훔쳐서 뭐해."

"그렇게 말하면……."

"당신의 착각이야. 그보다 인형 장식장 사진 고마워."

낮에 찍은 사진을 남편 휴대폰으로 보냈었다.

"왠지 옛날이 그리워져서 일하다 말고 한참 들여다봤어."

"뭐 간직하고 싶은 물건이 있어요?"

남편은 표고버섯에 입맛을 다시면서 눈만 들어 이쪽을 보았다.

"간직하고 싶은 물건이라."

"딱히 없죠? 남겨도 쓸데가 있겠어요. 전부 버려도 되죠?"

"당신, 진심이야? 버리면 안 돼."

남편은 유리잔을 테이블에 놓더니 눈썹을 찌푸리며 이쪽을 보았다.

"그래요? 그럼 어떤 걸 남기고 싶어요?"

"어떤 거라니, 전부 다라니까."

"설마 장식장 통째로요?"

"설마라니, 설마라는 말 자체가 이상해."

"당신 설마 장식장 통째로 집으로 가져온다는 말?"

또 '설마'라고 말해 버린 걸 수습하기 위해 재빨리 "당신, 간장 너무 많이 뿌렸어요. 간이 알맞게 배어 있는데"라고 위협하듯 큰 소리로 말했다.

"아, 너무 많이 뿌렸군. 음, 그러니까 장식장 전부야."

"그 인형 장식장을 전부?"

"그래. 당연하잖아."

이 남자는 정말이지 바보가 아닐까.

애초에 남편은 가사에 어두우니 생활이란 게 어떤 것인지 전혀 알지 못한다. 그에 비해 나는 삼십 년에 걸친 주부 생활로 많은 것을 배웠다. 청소의 수고는 물건 수와 비례한다. 그리고 또 하나. 시어머니 집의 유품정리를 시작하고 물건의 수와 집중력이 반비례하는 사실을 배웠다.

아, 실수했구나.

남편한테 숨기고 몰래 버려야 했다. 남편은 인형 장식장의 존재는 알고 있었겠지만 어떤 물건이 들었는지 기억하지 못하는 게 분명하다.

그렇지만 남편에게 말 안하고 멋대로 버리기도 마음에 걸린다. 따지고 보면 나는 호리우치 가의 사람이 아니다. 지금 눈앞에서 돼지고기를 입 안 가득 오물거리고 있는 남자는 피 한 방울도 섞이지 않은 남이다. 그런 내가 호리우치 가의 물건을 멋대로 버려도 괜찮을까.

그럼에도, 아무래도 화가 난다. 버리면 다신 살 수 없는 물건이면 몰라도 오뚝이, 방울 북 따윈 당장이라도 선물가게에서 살 수 있잖아.

이것저것 생각한 끝에 남편에게 말했다.

"알았어요. 전부 집으로 가져오죠. 그리고 당신 방에 둬요."

두 아이 모두 집에 있을 때는 집이 비좁았다. 아들이 결혼해서 독립하자 우리는 각자 자신의 방을 가질 수 있었다. 지금 남편은 여섯 첩 다다미방에, 나는 일곱 첩 마루방에서 잠을 잔다. 작년 갓 취직한 딸의 방은 그대로 있다. 딸은 입사하고 곧장 뮌헨 지사로 발령이 났기 때문에 방에 물건을 그대로 두었다.

"내 방은 무리야. 물건이 꽉 찼어. 둘 공간이 없어."

"거봐요. 그러니까 소중한 추억이 담긴 거만 고르면 되잖아요."

그렇게 말하자 남편은 젓가락을 놓고 휴대폰 사진을 검지와 엄지로 확대하고 축소하며 열심히 들여다보았다. 그리고 불쑥 고개를 들더니 "고르기 너무 어렵네"라며 눈을 치뜨고 이쪽을 본다. "하나하나 추억이 담겨 있어. 그때 일이 눈에 떠올라. 이런 건 보통 거실에 장식하지 않나?"

그건 결단코 싫다.

베이지를 기본으로 한 세련된 거실에 조개껍질로 만든 개구리나 솔방울 너구리라니 죽어도 그렇게는 못 한다. 부끄러워서 친구도 못 부른다.

모토코는 휴 하고 한숨을 쉬었다. 조금 진정하자.

"적어도 인형 장식장 자체는 필요 없죠?"

"그런가."

"큰 지진이 나면 어떻게 해요? 유리창은 위험해요."

"보호필름을 붙이면 돼"라고 남편은 의기양양 말했다.

철딱서니 없기는. 그럼 그 필름은 누가 언제 붙이죠, 라고 물어보고 싶은 충동을 말차를 넣은 현미차로 지긋이 삼킨다.

남편은 항상 말뿐 실행에 옮긴 적이 없다. 그것은 삼십 년 결혼생활로 지겨우리만치 잘 알고 있다.

"단지의 계단을 서른 번이나 왕복해서 녹초가 된 나는 그만 잘게요."

그렇게 말하고 거실을 나왔다.

서른 번은 허풍이지만 그렇게 말하지 않으면 내가 불쌍한 기분이 들었다.

방에 들어와 침대에 드러누워 생각했다. 기껏 인형 장식장 하나로 이렇게 의견이 다를 줄 상상도 못 했다. 남편에게 의논하지 않고 이미 많은 물건을 버렸다. 시아버지 정장과 시어머니 손수건과 정장 등.

내 판단으론 버리는 게 당연한 물건이라도 남편이 보면 다른 듯했다. 무슨 작전을 세워야 한다.

다음 순간, 벌떡 일어나 책상으로 가서 공책을 펼쳤다. 오늘 있었던 일, 오늘 느꼈던 일, 오늘의 반성할 점을 그날 쓰지 않으면, 요즘은 금방 잊어버린다.

혹시라도 그 인형 장식장을 남편 방에 둔다고 가정한다. 그럼 언젠가 반드시 누군가 버리지 않으면 안 된다. 그 누군가란 남편이 죽은 후의 나이 먹은 나, 또는 중년이 된 아이들 중 누군가, 아니면 손자들일까.

어찌됐든 처분을 미루는 데 불과하다. 남편이 매일 오뚝이나 개구리 인형을 보며 위안을 받는다면 남길 가치는 있다. 하지만 금방 잊고 먼지를 뒤집어쓸 게 뻔하다.

아무리 생각해도 남편보다 내 생각이 옳다. 아이들에게 폐를 끼쳐도 아무렇지 않은 무신경은 어쩌면 모자간에 유전일까.

공책을 탁 덮었다.

아, 오늘은 긴 하루였다.

움직일 때마다 발목이 아프다. 나이를 먹으면 동반하기 마련인 근육통은 없는 편이었지만 오늘처럼 갑자기 몸을 심하게 움직일 때는 그날 반드시 근육통이 뒤따른다.

지지 마, 모토코.

내일도 힘내자.

주얼리 미유키로 향하는 도중 어디선가 매화꽃 향기가 났다.

봄이 멀지 않았다. 그렇게 생각하자 마음이 들썩이고 올해는 봄 코트를 살까 하고 기분이 밝아졌다.

매장 앞에 섰는데 오늘도 한가해서 매니저에게 인형 장식장 이야기를 했다.

"바보 같아."

"그렇죠? 어차피 쓰레기가 될 게 뻔한데."

"아니, 바보는 자기야."

"네? 저요? 왜요?"

"남편한테 그대로 얘기하면 어떡해. 몰래 버리면 될 텐데."

"거긴 남편 집이고 며느리인 전 애초에 남인데."

"앨범이나 일기는 멋대로 버리면 안 되지만 조개껍질로 만든 개구리가 필요할 거 같아?"

그렇게 명쾌하게 말하자 아무것도 아닌 일로 부부간에 서로 말다툼하고 화를 냈던 내가 어리석게 여겨졌다.

"필요 없기는커녕 남편은 그런 게 있다는 사실 자체를 잊고 있었지? 그러게 왜 잠자는 사자 코털을 건드려 깨워. 자기는 오십이 넘어도 순진한 데가 있는 거 같아."

칭찬인지, 핀잔인지 모르겠다.

"내 주변 친구들은 모두 남편을 교묘히 조종하고 있어. 잠자코 버리는 게 내조의 미덕이 아닐까."

"내조의 미덕? 그건 좀 아니지 않나요."

"어머, 어째서? 바쁜 남편을 조개껍질로 만든 개구리를 버릴까 말까 생각하게 하는 건 시간낭비야."

"그러네요."

내게도 물건을 버릴까 말까로 옥신각신하는 건 시간낭비다.

결혼한 지 삼십 년이 됐지만 그 적정선을 아직도 모르겠다. 남편을 교묘히 조종한다는 사고방식에 익숙해질 수도 없다. 상대가 누구든 조종하는 건 실례가 아닌가, 라는 솔직한 심정을 말하면 매니저는 분명 철부지라며 비웃을 것이다.

확실히 말할 수 있는 건 지금 나에게 남편은 가장 성가신 타인이 되어 간다는 사실이다.

남편은 내가 열심히 설명해도 귀를 기울이려 하지 않는다. 자신의 주장을 절대 굽히지 않는다. 대학 동기였는데 아내는 남편에게 복종해야 한다는 낡은 사고방식이 얼핏얼핏 엿보여 싫어질 때도 있다. 나조차 이런데 눈앞에 있는 육십 대 매니저는 더 굴욕적인 경험을 하며 살아오지 않았을까.

오늘의 교훈, 남편에게 섣불리 사진을 보여주거나 설명

하지 말 것.

그렇게 공책에 쓰자.

이건 절대 조종이 아니라고 스스로에게 말했다.

6

남편의 뒷모습이 좌우로 흔들린다.

어깨로 숨을 쉬고 있는 듯하다.

"혹시 벌써 숨이 찬 거 아니에요?"

그렇게 묻자 남편은 층계참에서 뒤를 돌아보고 쓴웃음을 지어 보였다.

"나도 운동부족이네. 그런데 어머니도 대단하시네. 엘리베이터가 없는 단지에서 지내셨으니 말이야."

일요일 아침부터 남편과 둘이서 정리를 하러 왔다.

사 층에 다다르자 남편은 서둘러 열쇠를 열고 안으로 들어간다.

"뭐야, 하나도 정리하지 않았잖아. 이건 어머니가 살아 계실 때보다 더 뒤죽박죽인데."

비난 어린 시선으로 이쪽을 보아서 울컥했다.

"무슨 소리에요. 옷장과 벽장 안을 치우려면 당연히 바닥에 물건이 넘치죠. 나도 일하는 틈을 내서 열심히 하고 있는데 그렇게 말하다니 어처구니없어."

"아, 그렇군. 미안 미안"이라며 한발 물러서자 발끈한 내가 부끄럽다.

"그런데 물건이 많네."

"그렇죠? 정리하는 게 정말 큰일이에요"라고 부드러운 목소리로 말했다.

"옛날 어머니는 깨끗한 걸 좋아하셨어. 아이 때는 물건을 흐트러트리면 혼이 나곤 했지. 정리할 때까지 간식은 없다고 하셨지."

"그래서 수납을 잘하셨군요. 깨끗한 걸 좋아하는 사람에게 흔한 일이죠. 벽장도 옷장도 식기장도 책장도, 서랍이라는 서랍은 전부 빼곡하게 물건이 들어 있더라고요. 아, 잠깐만 아직 아무것도 만지지 말아요."

"왜?"

"저번에 왔을 때 찍은 사진과 비교하려고요"라며 가방에서 휴대폰을 꺼냈다.

"아직도 수상한 사람 타령이야? 훔쳐갈 만한 귀중품은 하나도 없잖아"라며 남편은 어이없어 했다.

"어디 달라진 데 없는지 확인하고 싶어요. 바닥에 있는 물건을 어지럽히지 말아요."

"발로 밀지 않고 걸을 수 없는걸."

그렇게 말하면서도 모토코가 방들을 둘러보자 남편은 사뭇 진지한 얼굴로 그 뒤를 따라갔다.

남편이 있는 것만으로 안심이 됐다. 여느 때라면 현관문을 활짝 열어젖히고 방의 창문도 모두 열어서 난방을 틀어도 추워서 견디기 힘들었다. 하지만 오늘은 현관문과 창도 닫은 채 추워하지 않아도 되고, 마음이 든든하다.

시어머니 혼령도 외아들이 와서 흡족했는지 오늘은 천정 부근에서 노려보고 있는 것 같지 않았다.

방들을 신중하게 사진과 비교하며 둘러보았지만 달라진 점은 발견하지 못했다. 모두 털끝만큼도 움직이지 않은 것처럼 보인다.

"우와, 이건 아버지의……"이라며 남편은 놀란 듯 벽장

안에 있던 종이상자에서 앨범 같은 것을 꺼낸다. 그곳은
아직 모토코가 자세히 보지 않았던 벽장이다.

남편의 등 뒤로 돌아가서 엿보았다.

"어머, 예뻐라."

형형색색의 우표가 정연하게 꽂혀 있었다. 전용 우표첩
같다.

"아버지가 취미로 모은 거야. 이런 거 가지고 있어도 소
용없으니 자기가 우편 우표로 써도 돼."

"그래요? 고마워요……."

요즘은 거의 편지나 엽서를 보내지 않지만 가끔은 써도
괜찮을 성싶다. 우체국에서 잘못 쓴 연하장은 다른 걸로
교환해 주니 이것도 다른 것과 교환해 줄 것이다.

"전부 써 버려도 괜찮아."

남편이 가리킨 곳에는 우표첩이 열 개 넘게 있었다.

"어디 한 번 보여줘요"라며 손에 들고 확인해 보니 꽤 오
래된 것인 듯 오십 원부터 백오십 원 등 소액의 우표 전지
가 몇 장이나 있다. 어떻게 쓸까. 나중에 인터넷에서 검색
해야겠다.

"이건 버리지 못하겠네"라며 남편이 다음에 꺼낸 건 그

을린 갈색으로 변한 수많은 봉투였다. 단단히 묶여져 종이 상자 한가득 담겨 있다.

"대단한 걸. 아버지가 아오모리에서 갓 상경했을 때의 첫 월급부터 사십 년 치를 보관한 것 같아."

봉투에서 꺼낸 월급명세서 종이는 오랜 세월 습기를 머금어 흐물흐물해서 조심히 다루지 않으면 금방이라도 찢어질 것 같다.

"전부 버릴 필요는 없어요. 추억으로 조금만 남기면 될 테니."

사실은 전부 버리길 바랐지만 남편의 기분을 헤아려 한 말이었다.

"조금?"이라며 뒤돌아본 남편의 미간에 주름이 잡혀 있다.

"예를 들면 첫 월급과 퇴직 직전 명세서는 남겨도 괜찮지 않아요? 화폐 가치의 차이를 알 수 있어서 재밌을지도. 아이들에게 보여주면 공부도 되고."

남편은 대답하지 않았다.

"뭐하면 휴대폰으로 찍어 사진으로 보관하는 것도 좋고."

좋은 아이디어라고 스스로 생각했는데 남편의 표정은 점점 험악해진다.

"있잖아, 아버지는 열심히 일을 해서 나와 어머니를 부양했어. 아오모리에서 혼자 올라와서 정말 고생하셨어."

"그건 그렇겠죠."

남편은 무슨 말을 하고 싶은 걸까.

"그러니 버릴 수 없어."

"그러니까 조금만 남기면 되잖아요."

"한 장도 못 버려."

"네? 설마 전부 보관한다는 말?"

"물론이지."

"그러니까 종이상자 통째로요?"

"그래."

"상자가 그렇게 큰데요?"

그래서 뭐? 라는 말을 남편이 목안으로 삼켰다는 걸 알았다.

"알았어요. 그럼 당신 방에 둬요."

"이것도 내방에?"

"그래요. 그런 오래되고 눅눅한 종이가 가까이 있으면

난 알레르기가 나요. 알고 있죠? 분명 여기저기 가렵고 기침이 멈추지 않는걸."

"알았어. 그럼 내방에 둘게."

남편은 떨떠름하게 그렇게 말하고 세심하게 본래 상태로 되돌리더니 상자뚜껑을 닫았다.

이 일을 주얼리 미유키 매니저에게 말하면 분명 어처구니없어 할 것이다.

"왜 남편을 데리고 갔어."

매니저님, 여긴 남편 집이에요. 게다가 시청의 대형폐기물 담당자가 가구를 수거하러 올 때까지 정리하지 않으면 안 돼요. 나 혼자서는 날짜를 맞출 수가 없다고요.

남편은 우뚝 서서 방안을 둘러본 후 천천히 양복장을 열었다.

"응? 텅 비었네. 여긴 뭐가 들어 있었어?"

"시아버지 양복이요. 빽빽하게 들어 있었어요."

"다 어쨌어?"

"어쨌냐니, 다 버렸죠."

"왜?"

"왜라니요, 그걸 보관해서 어쩌려고요."

남편의 눈이 험악해졌다.

"시아버지는 체구가 작으셔서 아무도 사이즈가 안 맞잖아요. 게다가 형태도 오래됐고. 요즘 정장을 입고 회사를 가는 사람은 영업직 정도잖아요. 대기업도 사무직은 자유 복장이 많고."

"아무리 그래도 전부 버릴 것까진 없지 않아?"

"그럼 어떻게 해야 했어요? 당신 방에 옮겨요?"

"난 필요 없지만, 그래도 원하는 사람이 있을지 모르잖아."

"예를 들면 누구?"

"내가 그걸 어떻게 알아. 하지만 인터넷 장터 같은데 올려도 괜찮지 않아?"

"내가 거기 올려요? 그것도 품이 들어요. 만약 사겠다는 사람이 있어도 그걸 꼼꼼히 포장해서 택배로 보내야 해요. 난 그런 걸 일일이 다 못 해요. 요행히 가격이 올라도 분명 몇 천 원일 텐데 택배비가 더 비싸요."

"그렇다고 버리다니……."

"쓰레기로 버린 게 아니에요. 시청의 중고물품 수거에 보냈어요"라고 나도 모르게 거짓말을 했다.

"시청은 그걸 어떻게 하는데? 다른 사람에게 팔아?"

"설마, '웨이스[25]'로 쓰겠죠."

"웨이스가 뭔데?"

자원재활용에 관심 있는 사람이라면 누구나 알고 있는 말이지만 남편은 모르는 듯하다. 일일이 설명하기 귀찮지만 어쩔 수 없다.

"웨이스라는 건요, 공장 등에서 기계의 기름이나 오염을 닦을 때 사용하는 천이에요."

"그래? 그렇게 사용된다면 아까운 마음은 들지만 뭐 어쩔 수 없군."

왠지 화가 난다. 아무것도 하지 않으면서 불평만 늘어놓는다.

"어머니 옷도 많은데 의류수거함에 넣어도 되죠?"라고 다짐을 두었다.

서랍장 하나 분량은 전부 버렸지만 아직 두 개나 있고, 플라스틱 의류상자는 대부분 여성 의류였다.

물론이지, 의류수거함에 넣어도 돼, 라고 대답할 줄 알았는데 어리석었다.

---

25 웨이스트(waste)를 줄인 말.

"어디 어디? 어떤 게 있는데?"라고 말하며 남편은 폴 행거에 빽빽이 걸린 정장을 확인하기 시작했다. 그리고 세탁소 태그가 달린 코트를 손에 들었다.

"이 코트, 당신이 입을 수 있겠는데."

"안 입어요."

"왜? 아깝잖아."

"어머니는 15호예요. 나한텐 너무 커요."

"수선하면 되잖아."

"수선하는데 아주 비싸요. 게다가 이백만 원 하는 코트를 십만 원이나 들여 수선한다면 모를까 십만 원쯤 하는 코트를, 더욱이 내 취향도 아닌 옷에 돈을 들이고 싶지 않아요. 그게 오히려 돈이 아까워요."

"그럼 이 머플러는 어때?"라며 이번에는 옷장 서랍을 살펴보기 시작했다. "머플러는 사이즈는 상관없지?"

빨강과 파랑 체크무늬인데 귀퉁이에는 산타클로즈 자수가 있다.

"필요 없어요. 취향이 달라요."

"그럼 와카바는?"이라며 딸의 이름을 댄다.

딸은 대견스럽게 물건을 사지 않는다. 그 대신 살 때는 비싸고 마음에 드는 물건을 산다. 그런 걸 누구에게 배웠는지, 부모인 내가 배워야 할 만큼 현명하게 돈을 쓴다.

"요즘 젊은 애들이 그런 걸 할 리가 없잖아요."

"그런가. 혹시 모르니 한 번 물어보면 되잖아."

"그럼 당신이 사진을 찍어 보내서 물어봐요."

"흠, 귀찮아."

그것 보란 듯이 일부러 얼굴을 잔뜩 찌푸려 보였다.

"그보다 당신, 사진앨범 말인데 어떻게 할 거에요?"라고 일부러 화제를 돌렸다.

"어떻게 하다니?"

"50권이 넘는데, 봐요 여기."

한 권을 손으로 집어 남편에게 건넸다.

갑자기 건네받은 남편은 조금 비틀거렸다. 노리던 대로였다. 이걸로 무게를 실감했을 테다. 옛날 앨범은 모두 끈끈이 비닐을 벗기는 타입이어서 매우 무거웠다.

"무거워서 깜짝 놀랐죠?"

"깜짝은 아니지만"이라고 남편이 말한다. 왠지 불길한 예감이 든다. 설마…….

그래서 바로 제안했다. "추억이 제일 많이 담긴 사진만

발췌하면 어때요."

"그렇지만, 아마 이건……."

남편은 이렇게 말하면서 첫 장의 비닐을 벗겼다.

"거봐요, 역시 생각한 대로네. 사진이 들러붙어 벗기면 사진이 찢어져요."

"아, 정말이네. 어떡하지."

어떡하긴, 버리는 수밖에 없을 것이다.

"이런 방식의 앨범은 1970년부터 75년대에 만든 거래요. 다른 사진들은 꽂는 방식의 가벼운 앨범에 들어 있어요. 구두상자에 낱개로 들어 있는 것도 열 상자 정도 있는데, 뭐하면 이 앨범의 사진은 중요한 것만 휴대폰에 옮기면 어때요?"

그렇게 말하며 지금 집에 있는 앨범도 취사선택해야지 하고 생각했다. 스캔해서 디브이디에 보관하는 편이 좋지 않을까.

"좌우간 꾸물꾸물 생각하는 건 귀찮으니, 이대로 집으로 옮기자."

"이거 전부를?"

"그래. 보통 사진을 버릴 생각은 하지 않잖아."

그 순간, 남편을 설득하는 걸 포기했다. 이 사람은 아무 것도 모른다. 평소에 청소도 정리도 하지 않는 사람에게 무슨 말을 해도 소용없다. 이렇게 되면 무엇이든 집으로 옮겨 남편 방에 두면 된다. 틀림없이 발 디딜 틈도 없을 것 이다. 그때서야 비로소 일의 중차대함을 깨달을 것이다.

"그런데요"라며 나도 모르게 한숨을 섞어 말했다. "약이 많은데 이건 버려도 괜찮죠?"

"무슨 약?"

남편은 처방전이라고 적힌 하얀 종이봉투 안을 확인하 기 시작했다. "강압제와 비타민과 위장약과 한방약. 양이 대단한걸. 이걸 다 먹을 수 없을 텐데. 노인은 의사에게 돈 을 갖다 바치는 봉이군. 파스와 바르는 약도 산더미만큼 있군. 화가 치미는데. 그냥 버리자."

처음으로 남편과 의견이 일치했다. 남편의 마음이 변하 기 전에 곧장 쓰레기봉투에 넣는다. 가장 큰 봉투 두 장이 나 됐다.

"다른 약도 있는데 이건 케이스 채로 버려도 되죠."

서랍식 플라스틱 이단 케이스가 있는데 안에 약이 빼곡 히 들어 있다. 그런 케이스가 두 개나 있다.

"그거 혹시 상비약 아니야?"

"상비약이라면 도야마의 약장수[26]라고 하는 옛날 그거? 요즘에도 그런 게 있어요?"

"언젠가 어머니가 말한 적이 있어. 약을 팔러 온 남자가 보기에도 가난해 보여, 겨울인데 코트도 입지 않았다고 하면서."

코트는 그저 차에 놓고 온 거라고 생각했는데 말하지 않았다.

"병든 어머니 간병을 하고 있다는 말을 듣고, 안타까운 마음에 약을 들여놓기로 했다더군."

만일 신변 이야기로 동정을 끈 것이라면, 그런 낡은 방식에 속아 넘어가는 사람이 너무 순진하다.

아니면 그렇게 생각하는 내가 의심 많고 심보가 나쁜 사람인가.

"사용한 만큼 돈을 지불하는 방식이죠? 양은 전혀 줄지 않은 거 같은데."

남편은 케이스 안에 들어 있던 명세서를 유심히 보고 있

---

26 도야마에서 만든 가정용 상비약을 파는 행상. 에도 중기부터 시작하여 번의 보호와 통제를 받으며 발전했다. 이후 전국에 단골을 만들고 일 년에 한두 번 방문하여 약값을 정산한다.

다. "이 케이스 이외에 영양음료도 있는 것 같아. 그러고 보니 어머니가 말했어. 약을 전혀 먹지 않는 것도 불쌍한 마음이 드니 영양음료만큼은 매일 마신다고."

남편이 건넨 명세서를 보자 세 다스의 영양음료가 기재되어 있다.

"전화해서 해지해야겠어요."

남편이 바로 전화를 걸어 주었다. 남편이 조금 달리 보였다. 주저 없이 재빨리 행동하는 것은 오랜 직장생활의 습성일까.

약품회사가 수거하러 온다고 해서 모토코가 편한 날을 말했다.

남편은 내 할 일은 다했다는 듯 양손을 위로 뻗어 기지개를 펴더니 벽장 안쪽에 눈길을 주었다.

"이건 어떻게 해?"

남편이 벽장에서 부직포로 감싼 소가죽 핸드백을 가져왔다.

"오래돼서 가죽이 딱딱해졌네. 버려야겠네."

"왜 버려. 당신이 쓰면 되잖아."

"난 필요 없어요. 이런 요란스런 백은 아이들 입학식이나 졸업식에서나 들면 모를까."

"와카바에게 물어봤어?"

"물어보나 마나 필요 없다고 할걸요."

"왜 그렇게 단정해?"

마치 소중한 어머니를 욕보였다는 태도였다.

"당신 어머니는 일흔 여덟이셨어요. 와카바는 이제 겨우
이십. 대예요. 이십 대 여자아이가 칠십 대 할머니와 취향
이 같을 리 없지 않아요?"

"어머니가 젊을 때 산 건지 모르잖아."

"아, 그럴 수도 있겠네요. 그런데 가죽이 딱딱해져서 쓰
기 불편하겠네. 그런 걸 와카바가 들고 다니겠어요?"

"그럼 리리카 씨는 어때?"

남편은 아들의 아내인 며느리를 항상 씨 자를 붙여 부른
다.

"진심이에요? 그런 부잣집 딸이 중고를 쓸 거 같아요?"

"한 번 물어보는 건 괜찮잖아."

"알았어요."

나중에 와카바에게 메일을 보내 말을 맞춰야겠다. 리리
카에겐 굳이 말할 필요는 없다. 남편과 연락하는 일은 거

의 없으니 들킬 염려는 없다.

'와카바와 리리카에게 필요한지 물어봤는데 둘 다 필요 없다고 해서 어쩔 수 없이 처분했어요.'

이렇게 말하면 된다. 이 핸드백뿐 아니라 다른 것들도 와카바와 리리카에게 일단 물어본 걸로 하면 된다. 그래, 그렇게 하자.

"난 벌써 피곤해요. 뒷정리는 당신한테 맡겨도 되죠?"

"뭐? 나 혼잔 무리야. 어쨌든 백은 버리지 말고 당신이 파티에 쓰도록 해."

집요하다. 아직도 핸드백 얘기를 하다니.

"파티? 지금 파티라고 했어요?"

그렇게 묻자 남편은 욱 하는 표정을 지었다.

"저기요, 내 소박한 일상에 대체 언제쯤 파티 예정이 있을까요?"

"그건, 잘 모르지만."

그럼 간섭하지 말라고 말하고 싶은 걸 꾹 참았다.

"그럼 이렇게 해요. 버려도 되는 게 뭔지 확실히 가르쳐 줘요."

"아, 알았어."

남편이 여기저기 방을 둘러보는 동안 나는 한숨 돌리자. 그렇게 하지 않으면 울화가 치밀어 폭발할 것 같다.

주방에서 홍차를 마시고 있으니 얼마 지나서 남편이 얼굴을 내밀었다.

"여보, 여기저기 살펴봤는데 모두 애틋해서 버릴 게 없어."

"어머님이 갑자기 돌아가셨으니 무리도 아니죠."

따뜻한 홍차가 마음을 풀어준 듯 기분이 한결 부드러워졌다.

말은 그렇게 했지만 필요 없는 물건들이 눈앞에 즐비한 현실은 어떻게 해야 하나.

"지금 상태라면 영원히 정리하지 못할지도."

절대 비꼬는 말이 아니었다. 솔직한 감상이었는데 남편 얼굴이 미안한 듯 일그러졌다.

"초등학교 시절 교과서, 성적표, 시험지, 공작시간에 만든 물건은 어쩔 생각이에요?"

"그게 소중한 추억이 담긴 것들이라."

"마사히로와 와카바도 초등학교 교과서들은 전부 버렸어요."

"정말?"

"보관하고 싶은 마음은 알아요. 하지만 그건 시골의 넓은 집이나, 도시라면 지하실이 있는 넓은 주택에 살지 않는 이상 모두 보관하는 건 무리예요. 애초에 당신이 초등학교 시절 교과서나 그림을 본 게 사십 년만이지 않아요? 다음은 언제 볼 거죠?"

"그렇게 말하지 마."

"결국 당신이 미련 없이 버려도 된다고 생각하는 건 가구뿐이네요."

"뭐, 가구를 버릴 생각이야? 내가 철이 들었을 때부터 있던 거야. 옷장에 생긴 상처나 울트라맨 스티커를 붙인 흔적도 기억에 생생한데."

"아, 그렇군요. 그럼 버리지 말고 우리 집으로 가져가자는 말씀? 그런데 누구 방에 둘 생각이죠?"

"그건……."

"이렇게 하죠. 여긴 당신 어머니집이니 당신이 하고 싶은 대로 하면 돼요. 나는 여기서 갖고 싶은 게 하나도 없어요. 집세를 계속 내는 게 아까워서 일까지 쉬면서 열심히 하고 있어요. 여기 집세가 우리 가계를 압박하고 있다고요."

"그건 알고 있지만."

"알고 있으면 어떻게든 해요."

"앨범이나 아버지 급여명세서 들은 모두 내 방에 둘게. 그 외 어머니 물건은 와카바나 리리카에게 물어보고 필요 없다고 하면……."

"그땐 처분해도 되죠?"

버린다는 말은 앞으로 쓰지 않기로 했다. 처분이라는 말은 재활용이나 중고거래나 기증을 연상시킨다. 그런 모호한 표현이 남편 마음에 상처를 주지 않고 처리할 수 있을 것 같다.

남편은 내가 마음대로 버리는 게 두려운 듯 집으로 가져갈 물건들을 싸고 있었다.

집에서는 늘 한가롭게 있는 남편마저 여기에서는 쉬려하지 않았다. 정리의 신비한 마력에 홀리는 게 여자만은 아닌 것 같다.

남편은 안쪽 방에서, 나는 주방에서 서로 묵묵히 작업을 이어갔는데, 순식간에 시간이 지났다.

"어머, 벌써 점심이 지났네."

그렇게 말하며 안쪽 방에 가 보니 남편은 종이상자와 잡지를 묶는 작업에 여념이 없다.

"샌드위치 먹어요. 커피 내릴 테니."

방 입구에서 말을 걸자 남편은 힐긋 눈길을 주었다.

"그런데 재활용품 수거일은 무슨 요일이야?"

"수요일요. 전날 저녁 이후에 내놓을 수 있어요."

"그럼 이번 주 화요일, 내가 퇴근길에 여기 들려 쓰레기
장까지 옮길 게."

"여기랑 반대방향이잖아요."

"상관없어. 조금이라도 빨리 여길 퇴거하는 게 좋아. 집
세도 있고."

"그건 그렇지만."

남편을 조금 달리 보았다.

일을 할 때는 제대로 하는 것 같다.

오늘밤은 오랜만에 스테이크를 사서 돌아가기로 마음
먹었다. 물론 싼 수입 소고기.

7

퇴근하고 집으로 가는 전철 안, 후유미에게 문자가 왔다.

'남편이 어제부터 출장이야. 우리 집에서 저녁 먹을래? 간단한 걸로 만들게.'

'고마워. 갈게. 수다나 떨자.'

근처 전철역에서 내려 남편의 저녁 식사용으로 등심 돈가스를 하나만 샀다.

집에 도착해서 바로 남편의 저녁준비를 시작했다. 등심 돈가스를 자르는 김에 사 온 양배추를 채로 썰어 접시에 담고 랩을 씌웠다. 남편은 국물이 없으면 안 되는 사람이기 때문에 달걀을 풀어 넣은 시금치국을 재빨리 만들었다.

편한 복장으로 갈아입고 후유미의 맨션으로 향했다. 도중에 적당한 가게가 없어서 집에 있는 귤을 가져가기로 했다.

"어서 와. 갑자기 불러서 미안. 남편 저녁은 잘 해결했어?"

"괜찮아. 응, 뚝딱 만들어 놓고 왔지."

주방식탁 위에는 그릴이 놓여 있었다. 옆에 있는 접시에는 야키소바 재료가 준비되어 있다.

"야키소바네. 와, 오랜만에 먹겠네."

"간단한 거라 미안한데."

"별소리를. 신난다."

후유미는 투명한 유리 찻주전자에 든 재스민차를 머그컵에 따르면서 "사실은"이라며 심각한 얼굴로 말을 꺼냈다. "요양시설에 계신 어머니를 여기로 모셔올까 생각 중이야."

"어머."

놀라서 후유미를 보았다.

"그런데 후유미는……."

어머니를 원망하지 않았나. 후유미의 성장과정에 대해서 지금까지 몇 번이나 들었다.

후유미는 철이 들었을 때부터 영재교육을 받느라 친구

와 놀 시간도 없을 정도로 스케줄이 꽉 찬 매일을 보냈다고 했다. 그리고 고등학교 입학시험에 실패하자 어머니는 한층 더 엄격해졌다. 하지만 아무리 열심히 해도 어머니가 원하는 유명대학 내신 등급에는 훨씬 미치지 못했다. 그것을 알게 된 순간, 어머니는 후유미를 경멸의 눈으로 보게 되었고, 급속도로 멀리했다고 했다.

"모시고 와도 괜찮겠어?"라고 실례인 걸 알면서 물었다.

"어떻게든 되겠지, 뭐."

"그래, 대단해."

"그 사람, 옛날부터 협동심이 전혀 없어서 집단생활은 애초부터 무리였어. 다른 입소자나 직원 모두에게 미움을 받아 정신적으로 궁지에 몰린 상태 같아. 그런 걸 내버려 둘 순 없잖아."

그렇게 미워했는데 얼마나 착한가.

나도 모르게 후유미를 물끄러미 바라보았다.

"어머, 그렇게 보지 마"라고 후유미는 쑥스럽게 웃었다. "그것뿐만 아니야. 고향집을 빨리 처분하는 편이 좋을 것 같아. 머지않아 노후 되면 유지비를 감당할 수 없을 것 같아 걱정이 돼서."

얼마 전 고향에 갔을 때 만난 고등학교 동창도 같은 말을 했다. 과소화 하는 고향의 집 처분에 골머리를 앓고 있는 사람이 최근에 많은 듯하다.

"남편은 뭐라고 해?"

"알았다고, 그러자고."

"좋은 남편이네."

"뭐, 그래도 어머니 간병은 내가 전부 해야겠지."

"어머니는 뭐라고 하셔?"

후유미가 결혼할 때 극구 반대했다고 들었다. 후유미가 자기 생각대로 엘리트로 자라지 않자 이번에는 결혼상대를 통해 엘리트 세계로 진입시키려 애를 썼다. 끊임없이 맞선 상대들 골라 와서 집요하게 결혼을 재촉했지만 후유미는 대학동창인 지금의 남편을 결혼상대로 선택했다. 어머니는 후유미의 남편을 일류대학 출신이 아니다, 일류기업이 아니다, 라고 비난하다 끝내 결혼할 생각이면 의절하겠다고 말했다.

그런데도 그런 어머니를 집으로 모셔 온다고 후유미는 말한다.

"어머니는 분명 고마워하실 거야."

"아니, 그런 비좁은 맨션에 살게 할 거냐고 욕지거리를 하더군."

"뭐? 그런데도 여기로 모셔 오는 거야?"

"부녀지간인걸. 게다가 나도 아이를 키워 보니 조금은 그때 어머니 마음을 알게 됐고."

"흠."

예전 후유미는 반대로 말을 했었다. 아이가 생기기 전에는 어머니에겐 어머니의 생각이 있었던 거라며 어머니의 마음을 다소 헤아릴 때도 있었지만 아이가 생긴 후부터는 어머니를 경멸하게 되었다고.

자기가 아이를 키우면서 아이는 자유롭게 키우는 게 가장 중요하다고 절실히 느꼈다. 어머니의 교육방침을 한층 증오하게 되었다고 했었다.

"삼 년 전 아버지가 돌아가셨잖아. 그때부터 생각했는데 부모란 죽은 뒤에 비로소 어떤 사람이었는지 알 수 있더라고."

그렇게 말하면서 후유미는 뜨거운 그릴 위에 참기름을 엷게 둘렀다.

"나도 가끔 그렇게 생각할 때가 있어."

모토코는 두 손으로 머그컵을 감싸며 재스민차의 향을 음미했다.

"사람은 나이를 먹지 않으면 알지 못하는 일이 의외로 많아."

후유미가 돼지고기와 베이컨을 넣자 치직하는 소리가 났다.

"부모는 고마운 존재이기도 하지만 죄 많은 존재이기도 해"라고 모토코가 말했다.

"맞아. 내 인생에 막대한 영향을 끼쳤어. 정말로 성가신 존재야."

후유미는 그렇게 말하지만 어머니를 용서하려고 안간 힘을 쓰고 있는 것처럼 보였다.

그렇게 상반된 마음을 청산하지 않으면 언제까지나 괴 로워할지 모른다.

"부모가 된다는 건 정말 너무나 어려운 일이라고 생각 하게 됐어."

후유미는 그렇게 말하며 그릴 위에서 젓가락을 바삐 움 직인다.

"그건 무슨 뜻이야?"

어머니를 용서하는 어떤 계기라도 있었던 걸까.

"부모가 된다는 건 누구에게나 첫 경험이잖아. 그러니 잘하는 게 기적이라고 생각하지 않아?"

"그러고 보면 그럴지도."

"아이들에게 이렇게 해 주었으면 더 좋았을 걸, 저렇게 해 주었으면 더 좋았을 걸, 하고 생각하는 일이 많기 마련이야."

"응, 나도 많이 있어."

후유미는 양배추와 숙주나물을 듬뿍 얹고 그 위에 다시 채를 썬 당근과 피망을 얹었다.

"맞다. 나 모토코에게 사과할 게 있어."

그렇게 말하고 후유미는 쓴웃음을 지었다.

"뭔데?"

"유품정리 업체에 의뢰하는 편이 빠르다고 내가 모토코에게 몇 번이나 권했잖아. 지금 와서 말하기 뭐하지만 그건 잘못이라고 생각해."

"어째서?"

"요즘 들어 고향집에 어떤 물건이 있었지, 그때 어머니는 무슨 생각을 했는지, 알고 싶을 때가 있어. 고향집에 작은 힌트가 많이 있지 않았을까, 라고."

"그런 건 어머니께 직접 물어보면 되잖아."

그렇게 후유미에게 되물으며 어머니가 아직 살아 있는 사람이 더없이 부러워졌다. 나는 이젠 아무것도 알 수 없다. 고향집 별채에 있는 방에서도 아무런 답을 얻을 수 없었다.

"그럴 수가 없어. 어머니는 아무 말도 하고 싶어 하지 않는걸. 여든이 넘은 지금도 정신은 멀쩡하지만 나이가 있다 보니 기억이 가물가물해. 그리고 내 생각에는 별로 떠올리고 싶지 않은 것 같아. 그러니까 어머니한테 괴로웠던 시기였는지 몰라. 요즘 어머닌 자기가 아이였을 때 이야기만 하는걸."

"후유미가 부러워. 나는 어머니와의 추억이 별로 없어. 이런 말하면 부모님 돌보는데 지친 사람들은 화를 내겠지만, 나는 마지막 시간이 조금 더 있기를 바랐어. 어머니가 암에 걸려 자리에 누웠을 때는 남편 혼자 히로시마로 전근을 갔고, 아이들도 차례로 입시를 앞두고 있어서 나한테도 힘든 시기였어."

"그랬었지. 그때 모토코는 늘 만나면 지친 얼굴을 하고 있었어."

후유미는 일어서서 "조금만 데울 게"라며 야끼소바 면을 전자레인지에 넣었다.

십여 초 후에 꺼내서 비닐봉투 위에서 면을 주무르듯 풀면서 그릴에 조금씩 넣었다. 그렇게 많던 채소는 어느덧 숨이 죽어서 부피가 확 줄어들었다.

"부모와 자식은 뭘까"라며 후유미는 한숨 섞인 말투로 말을 이었다. "같이 지낸 시간이 너무 짧아."

"그래. 고등학교 졸업하고 바로 고향을 떠났으니 긴 인생 중에서 불과 18년이었어."

"18년이라고 해도 철이 든 시기를 빼면 더 짧아"라고 후유미가 말했다.

"맞아. 게다가 나는 중학교 때는 학교나 동아리 활동으로 바빠서 내 일만으로 정신이 없어서 부모를 생각할 겨를이 없었지."

"보통은 다 그렇지. 나는 어머니 감시가 엄해서 옴짝달싹 못 했어. 하지만 그렇다고 해서 항상 어머니와 함께였는가 하면 그렇지도 않았어. 난 늘 공상의 세계로 도망쳤으니 말이야. 아, 후추 조금 많이 넣어도 괜찮아?"

"응, 많이 넣어."

"정리는 아직 시간이 더 걸릴 것 같아?"

"당분간 더 걸릴 것 같아. 그래도 어떻게든 두 달 안에는 끝내려고 해."

계획을 면밀히 세운 결과가 아니라 희망 섞인 예측이었다.

너무 오래 끌면 체력은 물론이고 정신적으로 진이 빠질 예감이 든다.

시어머니가 살던 집이 우리 집에서 걸어서 가까우면 몰라도 전철로 한 시간 반이나 걸린다.

처음에는 천정 부근에 시어머니 혼령이 떠다니는 것 같은 기분이 들곤 했는데 지금은 그것도 없어졌다.

"일은 별 문제없어?"

"응, 괜찮아. 동료들이 서로 도와주며 하니까."

아이가 열이 나서 보육원에 맡길 수 없는 젊은 엄마나 나이 든 아버지가 넘어져 골절상을 입어 같이 병원을 가야 하는 같은 나이대의 여성 등등 갑자기 근무를 교대해 주었던 일은 이제까지 헤아릴 수 없다. 각자 가정사를 안고서 일하고 있기 때문에 가능한 직장 내에 서로 도우며 융통성 있게 일하는 분위기가 형성되어 있다. 당연히 교대한 시간은 급여도 늘어나니 불만을 늘어놓을 일도 없다.

지금 생각하면 시어머니 집에 다니던 당초에는 소풍 기분 같은 느낌이 있었던 듯하다. 가능한 쾌적하게 작업을 하기 위해 맛있는 홍차를 가지고 다니자고 생각했다. 하지만 시어머니 방을 정리할 때마다 고향의 어머니와 나의 희박한 관계를 생각하게 됐다. 북쪽 지방에서 지낸 어린 시절을 떠올릴 때도 많았고, 내 양육에 있어 반성해야 할 점을 들이미는 듯한 기분이 들어 갑자기 의기소침해지기도 했다.

그런 복잡다단한 감정이 뒤엉켜 숨이 거칠어진 적도 종종 있었다.

빨리 끝내고 싶은 충동에 휩싸일 때가 늘어났다. 고함을 치고 싶은 날도 있었다.

시어머니가 생활한 방은 마치 마계 같았다. 일단 발을 잘못 들여놓으면 그걸로 마지막, 자신의 지난 세월만 뒤돌아보게 된다. 더, 좀 더, 아 그때 그렇게 했더라면…… 라며 하염없는 후회에 휩싸인다.

"나는 괜찮으니 걱정하지 않아도 된다. 모토코, 너는 가사와 양육으로 바쁘니 자기 가족 일에 집중해라."

전화를 걸 때마다 어머니는 그렇게 말했다.

하지만 남편이 좀 더 집안일을 도와주었더라면 자주 고향을 찾았을 텐데.

게다가 시어머니가 이렇게 빨리 돌아가실 줄 알았다면 일주일에 한 번은 식사를 대접했으면 좋았을 텐데. 손자들과 더 자주 볼 수 있게 배려했어야 했는데.

끊임없이 반복되는 후회의 쳇바퀴 속에서 좀처럼 벗어날 수 없었다.

현실의 수많은 물건에 혼란해 하는 것뿐이면 괜찮지만 슬픔이 끓어올라 한순간도 마음의 평온을 유지할 수 없었다. 시어머니 집에 오래 있으면 정신적으로 궁지에 몰릴 것 같았다.

한시라도 빨리 정리를 끝내야 했다.

"정리가 끝나면 어디라도 가자"라고 후유미가 밝은 목소리로 말했다.

"응, 그래. 뉴욕 말고 관광버스 타고."

그렇게 말하고 서로 눈이 마주치자 웃음이 터졌다.

오랜만에 소리 내서 웃었다.

"모토코, 아까 두 달 안에 끝낸다고 했지?"

"웅, 대략 그럴 예정."

"내가 도울 일 있으면 주저 말고 말해."

"고마워."

"그래도 뉴욕은 언젠간 가고 싶어. 한 달 동안 아파트를 빌려서."

후유미는 밝게 말하지만 어머니를 모시면 그 꿈에서 점점 더 멀어지지 않을까.

내 기분을 민감하게 알아챘는지 후유미는 장난기 어린 표정으로 말했다. "꼭 가자. 그땐 어머니 간병은 오빠 부부나 남편에게 떠넘길 테니. 쇼트 스테이[27]나 데이 서비스[28]를 매일 이용해도 되고. 또 우리라고 언제까지 건강하다는 보장도 없으니, 가능한 빨리 실현하고 싶어."

"그래. 유품정리에 몇 달이나 매달릴 때가 아니야."

처음부터 업체에 맡기는 사람도 있다. 개중에는 한 번도 찾아오지 않는 사람도 있다고 한다. 그런 사람들은 자신의 과거나 부모와의 관계와 마주하지 않고 끝낼 수 있을까. 나도 그렇게 하면 상처 받는 일도 후회할 일도 없어 정

---

27 Short stay. 거동하기 힘든 고령자나 장애인을 복지시설 등에서 일시적으로 간호하는 일본의 제도.
28 Day service. 재택 고령자를 복지시설 등에 보내 목욕, 간호, 식사 등을 제공하는 서비스.

신적으로 편할지 모른다.

그러나 자신의 마음의 정리를 위해서 필요한 일이라는 생각도 든다.

두 달 후 모두 정리하고 단지의 관리사무소에 열쇠를 돌려주자. 그렇게 하면 그 집에는 두 번 다시 들어갈 수 없으니 정말로 안녕이다.

그러면 앞을 보고 살아갈 수 있을 것 같은 기분이 들었다.

8

벽시계를 보았다.

단지에 도착한 뒤 열 개가 넘는 접이식 우산을 쓰레기봉
투에 넣고, 건전지 등을 한곳에 정리하는 데만 벌써 삼십
분이 지났다.

시간을 배분하는 방식이 서투른 걸까. 좀처럼 진척되지
않는다.

시에서 대형폐기물 세 개를 집까지 수거하러 오는 날이
다가오고 있다. 며칠 전 혼자 여기 왔을 때는 옷장 안의 물
건을 의류수거함에 넣거나 버리는 데 힘을 다 소진했다.

모토코는 팔짱을 끼고 방을 둘러보았다.

몇 년 치에 달하는 산더미처럼 쌓인 신문지를 보기만 해도 마음이 짓눌리듯 무겁다.

그래도 절반 이상 치웠다. 남편이 퇴근길에 들러 재활용 수거함으로 옮겨 주었다.

"미안, 전부 내놓을 작정이었는데 도중에 쓰러질 것 같았어. 다음날 아침 일찍 중요한 회의도 잡혀 있고."

그렇게 말한 남편의 얼굴에는 피로가 배어 있었다. 순식간에 늙어 버린 것처럼 보였다.

그 후 남편은 심한 근육통에 시달렸고 아직까지 피로가 풀리지 않은 것 같다.

남편이 노력은 했지만 현관에서 옷장까지의 동선은 아직도 확보하지 못했다. 마지막 수단으로 동선 위에 놓인 모든 장애물을 옆의 거실로 옮겨 버리는 방법도 있다.

그래, 그렇게 하자. 그렇게 하면 아마 오늘 하루에 동선을 확보할 수 있을 거야.

그런데 그렇게 해도 쓰레기를 다른 방으로 옮기는 것뿐 한 발도 전진한 것은 아니다. 허튼 작업이라고 생각하자 지긋지긋한 생각이 배로 들었다.

다음 수거일은 다음주이다. 남은 잡지와 종이상자를 빨

리 쓰레기장에 내놓고 싶었지만 그러지도 못 한다. 아까 옆집 사나에게 확인하니 금속이나 가구류는 며칠 전에 내놓아도 괜찮지만 종이류나 헌옷은 비에 젖을 염려가 있어서 가능하면 당일 아침에 배출하라고 자치회에서 연락이 왔다고 한다.

날씨예보에 의하면 얼마 동안은 맑은 날이 계속된다. 그럼 종이류를 오늘 내놓아도 괜찮지 않을까. 하지만 예보가 맞지 않는 경우도 많다. 소량의 종이류라면 몰라도 이렇게 많은 양이 비에 젖어 무거워지면 폐를 끼치게 된다. 혹시라도 전부 내놓았는데 '일단 집으로 다시 가지고 가세요'라고 하면 최악이다.

후유미는 유품정리 회사에 맡긴 걸 후회한다고 했다. 그러나 만일 다시 하라고 하면 후유미는 끝까지 혼자 힘으로 처리할 수 있을까. 대답은 아마도 'No'가 아닐까.

그렇다면 유품정리 회사에 맡기면 어떨까. 남편도 지쳤고 예상외로 쌀지도 모른다. 시험 삼아 견적만 받아 보는 건 괜찮지 않을까. 아무튼 퇴거일이 늘어나면 그만큼 집세를 내야 한다. 일하는 날이 줄어드는 것을 더하면 이대로 혼자 정리하는 편이 정말 좋은 방법인지, 아니면 유품정리

회사에 맡기는 편이 좋은지 검토해 볼 여지는 있다. 일전에 오이와라는 여자가 여기 온 적이 있었다. 그때 분명 회사 전화번호가 적힌 메모지를 받았다. 그 메모지를 찾아서 전화를 하기로 했다.

"견적을 내려고 하는데요."

"알겠습니다. 그럼 한 시간 후에 찾아뵙겠습니다."

잡지를 끈으로 한데 묶고 있는데 어느새 한 시간이 훌쩍 지났는지 남자 두 명이 찾아왔다.

한 명은 예순 살 가량, 또 한 명은 이십 대인 듯했다. 듬직한 체형과 짙은 눈썹이 닮은 걸 보니 부자간인 듯하다.

"방을 둘러보겠습니다."

구두를 벗고 올라와서 둘이서 한 손에 메모지를 들고 방을 둘러보았다.

오 분 정도 지나서 나이 든 사람이 간단한 견적서를 건넸다. "대략 이 정도입니다. 가전제품 네 개는 비용에 포함되지 않았습니다."

건네받은 복사지 세 장의 합계란을 보자 구백육십만 원이라고 적혀 있었다.

"어머, 이렇게나 들어요?"

"옷장이 비쌉니다. 크기에 따라 다른데 대체로 하나에 이십팔만 원이니."

"그렇게나요?"

나도 모르게 큰 소리를 내며 의도와는 상관없이 불신감을 드러낸 듯하다.

"사모님, 분명히 말씀드리는데 저희는 바가지를 씌우거나 하지 않습니다. 이건 시세입니다, 시세. 여기는 엘리베이터도 없고 요즘은 일손이 부족해서 인건비도 뛰었습니다. 게다가 저희도 결국 시의 처리장으로 가지고 가는데 거기서 비용이 꽤 듭니다."

그럴지도 모른다. 엘리베이터가 없는 건물이면 일 층마다 비용이 붙는 건 이젠 상식이다. 시의 대형폐기물로 배출하는 경우 만 팔천 원짜리 스티커를 붙여야 하는데 그것조차 비싸다고 느낀 건 큰 착각인 듯했다. 시가 운영하는 수거는 파격적으로 싸다. 차액은 시민의 세금으로 보충된다는 말이기도 하다.

"여기는 사모님 친정집이신가요?" 나이 든 남자가 물었다.

그런 건 왜 묻지.

"아니요, 여긴 시댁인데요."

"뭐야, 그렇구나."

뭐야, 라니 뭐야. 무슨 뜻이지.

바라보니 남자 둘은 서로의 얼굴을 보며 웃고 있다.

"그럼 단번에 처분하면 되지 않나요. 자기 가족이면 하나하나에 추억이 담겨 있지만 시댁 거라면 크게 상관없지 않나요."

"남편의 추억이 깃든 물건이 많이 있어서요."

"남자는 그런 세세한 일에 집착하지 않습니다."

나이든 남자가 하하하, 하고 호탕하게 웃는다.

우리 남편은 아저씨 같은 타입이 아니에요. 좋든 싫든 세심한 데가 있어요. 그렇게 말하고 싶었다.

"애써 오셨는데 죄송하지만 조금 더 생각해 볼게요."

"그러시군요. 다른 곳과 비교해도 저희가 훨씬 싼 편입니다. 뭐, 다른 회사에서도 견적을 받아 보세요. 그러면 저희가 얼마나 양심적인지 아실 테니까요."

가격에는 자신이 있는 듯하다.

"만일 전화를 주신다면 빠른 편이 좋습니다. 삼월이면 이사철이라 붐비니 말입니다."

그렇게 말하고 돌아갔다.

다른 회사와 비교하면 싸다는 말은 사실일 테지만 그럼에도 도저히는 아니어도 물건을 버리는 데 천만 원 가까이 지불할 마음은 들지 않았다. 이렇게 되니 시의 대형폐기물로 배출하는 게 얼마나 고마운 일인지 절실히 느꼈다.

투덜대지 말고 어쨌든 신문지를 한데 묶자.

빈틈없이 단단히 묶는 요령이 없어서 느슨한 끈 사이로 신문이 빠질 것 같다. 그래서 일단 묶은 뒤에 빈틈에 다른 신문지를 우겨 넣어서 팽팽하게 한다. 종이상자도 그런 방법으로 묶기로 했다.

시어머니, 왜 그때그때 버리지 않으셨어요.

몇 번을 말해도 소용이 없다. 바지런히 하는 수밖에 없다.

단숨에 처리하는 뭔가 좋은 방법이 없나. 분명 있을 텐데, 라고 머리를 굴려 보아도 좋은 방법이 전혀 떠오르지 않는다.

무슨 일이건 합리적으로 하려고 애쓰는 게 내 장점인데 세상에 그렇게 되는 일은 많지 않다. 아이를 키우는 일도 그러했다. 아이가 내 생각대로 된 적이 없다. 하나씩 임기응변으로 대처해 갈 수밖에 없다.

그래서 더 화가 나요, 어머니.

아니, 이 많은 물건은 평소에 신경을 썼으면 처리할 수 있었겠죠. '어쩔 수 없었다'라는 말 한 마디로 끝낼 생각이었다면 남은 사람은 어떻게 해야 하나요. 그리고 평소에 조금씩 버리는 습관만이 물건이 쌓이지 않는 유일한 방법이에요. 어머니, 당신은 다른 사람의 시간을 빼앗고 있어요. 저도 이젠 젊지 않아요. 어느새 오십이라고 생각했는데 벌써 오십 중반이에요. 얼마 남지 않은 제 인생의 시간을 신문을 묶고 쓰레기장까지 왔다 갔다 하는 하찮은 일에 쓰고 싶지 않아요. 허리와 다리는 아프고 다음날에도 피로가 가시지 않아요. 그뿐인 줄 아세요? 본래 상태로 돌아오는 데 일주일은 걸려요. 그리고 재활용 수거일은 일주일에 한 번밖에 없어요. 이곳에 오는데 한 시간 반이나 걸려요.

"아, 정말 싫다."

크게 소리치며 신문뭉치를 손바닥으로 세게 쳤을 때, 현관의 벨이 울렸다.

누구지.

외시경으로 보니 일흔 살 가량으로 보이는 여자가 혼자서 있다.

"누구세요?"

나쁜 사람 같지 않아서 문을 열었다.

"안녕하세요. 저는 자치회 부회장을 맡고 있는 단노라고 합니다. 당신은 호리우치 씨의 며느리 되시죠? 아, 역시."

작은 체구에 말랐지만 아주 날렵해 보이는 소년 같은 할머니였다.

"처음 뵙겠습니다. 며느리인 모토코라고 합니다."

"어머, 처음 뵙겠다니, 저를 모르세요? 우연히 지나다 구급차를 부른 게 저예요."

"그러셨군요. 실례했습니다. 정말 신세를 졌습니다."

"모토코 씨와는 병원에서 만났어요. 저도 구급차를 타고 갔거든요. 물론 장례식에도 갔었고."

"고맙습니다. 알아보지 못해서 죄송합니다."

"괜찮아요. 갑자기 당한 일이라 모토코 씨도 정신이 없으셨겠지요."

그렇지 않다. 모두 다 닮은 할머니들뿐이라 기억하지 못할 뿐이다. 모두 한결같이 아주 왜소하고 머리도 비슷비슷 짧은 커트였고, 옛날 일본인에게서 흔히 볼 수 있는 편평한 얼굴형이고 장례식에는 모두 검은색 일색의 복장으로 와서 분간할 수가 없다.

"뭔가 도울 일이 없을까 하고 와 보았어요."

할머니에게 대체 어떤 도움을 받을 수 있을까.

시간이 아까워서 빨리 돌아가길 바랐다.

"고맙습니다. 마음만으로도 고맙습니다."

은연중에 돌아가 주길 바라는 기색을 내비쳤는데, 단노라는 여자는 고개를 내밀어 안쪽 방까지 들여다보려고 한다. 그러고 보니 일전에 왔던 오이와라는 여자도 찰칵찰칵 문고리를 돌렸다. 분명 평소에 시어머니는 문을 잠그지 않았다. 마치 옛날 시골 동네 같다.

"어머, 안쪽 방이 아주 큰일이네. 종이상자와 신문으로 뒤덮여 있네."

"네, 뭐."

"혼자 치우기 힘들죠?"

"네, 그래도 열심히 하고 있어요."

"나한테 맡겨요."

사뭇 자신만만하게 눈을 반짝거린다.

"시의 재활용 수거 이외에도 자치회의 수거가 한 달에 한 번 있어요."

"그건 알고 있습니다. 일 층 게시판에 붙어 있는 걸 보았거든요."

시의 수거와는 달리 일 층 계단 아래에 놓아두면 되는
듯했다. 그것을 이용하면 쓰레기장까지 옮기지 않아도 되
는 만큼 현저히 편하기는 하다. 그러나 화재방지 때문에
전날 내놓는 건 금지이고 당일 아침밖에 내놓을 수 없다.
그것도 여덟 시까지다. 그렇다는 건 전날 여기서 자든가,
꼭두새벽에 집을 나서지 않으면 안 된다. 여름이면 몰라도
겨울은 아직 날도 새지 않은 시간대이다.

그 점을 간략하게 설명하자 단노는 쾌활하게 말했다.

"괜찮아요. 집회소 창고에 맡겨 둘게요."

"어머, 고맙습니다. 하지만 쓰레기장에서 집회소까지 더
멀지 않나요?"

대지가 넓어서 평소 생활하는데 시원해서 부러울 정도
지만 이런 때는 원망스럽다.

"계단 밑에 내놓아요. 뒷일은 자치회 멤버가 손수레로
집회소까지 옮길 테니."

그렇게 해준다면 정말 큰 도움이 된다. 하지만……

"깜짝 놀라실 만큼 많아요."

"우리는 많은 편이 좋아요. 재활용으로 얻은 돈으로 자

치회 활동에 충당하는 걸요."

"그렇게 해 주신다니 정말 도움이 되요. 실은 어떻게 해야 할지 고민하던 중이었어요."

"그렇죠? 이런저런 물건이 많을 거 같았어요. 괜찮으면 뭐든지 의논해요. 다키 씨도 자치회에 들었는데, 우리들 모두 신세를 졌어요. 자, 그럼 잠깐 실례할게요."

놀랍게도 단노는 신발을 벗고 멋대로 안으로 들어왔다.

멍하니 있자 "재활용 쓰레기가 얼마나 있는지 체크해 볼게요"라며 성큼성큼 방으로 들어간다.

혹시 이상한 사람 아닐까.

정말 부회장일까.

"이렇게 많은 걸 일 층으로 옮기는 건 혼자선 무리겠네. 내가 도와줄게요."

그렇게 말하고 아까 묶은 신문지를 양손에 하나씩 가볍게 들더니 민첩하게 현관으로 돌진했다. 숲에서 길을 잃었을 때 작은 동물이 눈앞을 휙 가로지르는 동화 속 장면이 떠올랐다. 멍하니 보고 있으니 다다닥 계단을 내려가는 발소리가 들렸다.

어찌된 영문인지 허공을 바라보고 있는데 벌써 계단을

뛰어올라오는 발소리가 들리더니 단노가 현관에 모습을 드러냈다. 놀랍게도 숨도 헐떡이지 않는다. 아무렇지 않은 얼굴로 눈이 마주치자 싱긋 웃는다. 나보다 나이가 많다고 도저히 여겨지지 않았다. 나라면 묶은 신문지를 양손에 들고 뛸 엄두도 내지 못하고 넘어지지 않게 조심하며 계단을 느릿느릿 내려갔을 것이다.

그녀에게만 맡길 수 없어서 나도 양손에 한 묶음씩 들고 계단 아래까지 옮겼다. 그녀보다 속도가 느리면 미안한 생각이 들어 무리를 하고 말았다.

완전히 숨이 차올랐다.

그녀는 몇 번을 왕복해도 눈이 마주치면 웃음을 지었다. 나는 도저히 웃을 여유가 없었다.

대체 몇 번이나 왕복했을까.

묶은 신문지와 종이상자를 모두 옮긴 뒤에는 아직 묶지 않은 잡지와 종이상자를 둘이서 끈으로 묶는 작업을 했다. 그녀는 짐을 싸는 일의 경험도 있는지 확실하고 단단히 끈을 묶어 나갔다. 대단한 솜씨였다. 나는 전혀 도움이 되지 않는 것 같다.

물건이 넘치는 이 방도 내가 아닌 그녀가 정리하면 순식간에 끝날 것 같다. 지금까지의 경험으로 봐서 나는 무슨 일을 해도 요령 있고 손재간이 빠른 편이라고 생각했다. 그러나 그것은 같은 세대 사이에서 비교한 것이었다. 윗세대에는 내가 발끝에도 미치지 못하는 달인이 차고 넘치는 것 같다.

"만두상자를 소품으로 쓰는 것도 나중엔 짐이네요."

"맞네, 이렇게나 많으니"라고 단노도 동의했다.

멋있는 상자를 버리기 아까워하는 마음은 안다. 그래서 무언가에 쓰려고 한다. 그러나 그것이 몇 십 개나 되면 이야기는 달라진다. 남기고 싶어 하는 상자는 대체로 두꺼운 종이로 튼튼하게 만든 것이다. 구부리는 것도 일이었다. 이번엔 단노도 체중을 실어 발로 구부린다.

종이류는 정말로 많았다. 그것들을 치우는 데만 며칠은 걸릴 것 같아 절망적인 심정이었는데, 믿을 수 없게 두 시간 만에 방에서 완전히 자취를 감췄다.

어떻게 된 일일까.

단노는 마법사 같았다.

전부 계단 아래로 옮기자 그녀는 주머니에서 휴대폰을 꺼냈다.

"여보세요. 오오키 씨? 나 단노인데, 사 층의 창이 열려 있어서 보니까 아니나 다를까 며느리 분이 정리하러 와 있었어. 응, 맞아. 호리우치 씨 며느리 분. 미안하지만 사 층까지 손수레를 갖다 줄래? 정리하는 걸 도와주려고. 응, 지금 바로. 한가하지? 부탁해."

서둘러 전화를 끊더니 또 다른 데 전화를 해서 같은 말을 반복했다.

오 분도 지나지 않아 도로 쪽에서 "왔어요"라는 소리가 들렸다. 창에서 내려다보니 칠십 대로 보이는 남자 두 명이 이쪽을 올려다보고 있다.

단노를 따라 모토코도 일 층으로 내려갔다.

"호리우치 씨 며느리 분?"

첫 대면인데 친근한 눈길로 바라본다.

"네, 그렇습니다. 시어머니가 신세를 많이 졌습니다."

"아니에요. 오히려 저희에게 잘 해주셨어요."

"정이 많은 분이셔서."

"다키 씨가 이 단지에 살고부터 자치회 분위기가 변했어요."

"그래그래, 정말 좋은 분이셨어."

남자 둘은 그렇게 말하며 차례로 손수레에 종이묶음 실었다.

"이거 많이도 쌓아두셨네"라며 집회소 창고까지 세 번 왕복했다.

계단 아래의 공간도 말끔해졌다.

일손이 많으면 이렇게 빨리 치울 수 있구나. 속도가 너무 빨라서 기쁨이 복받쳐 올랐다.

"다른 처치 곤란한 건 없어요?"

단노는 처음에 무시하는 생각이 들 만큼 왜소하고 말랐지만 팔짱을 끼고 나를 올려다보는 모습은 너무나 듬직했다.

"대형폐기물 말인데요, 한 번에 세 개밖에 배출하지 못해 곤란해요."

"시청에 사정을 얘기하면 몇 개라도 배출할 수 있지 않나?"

"어머, 그래요?"

"그렇지 않으면 이상하지. 빨리 짐을 옮기지 않으면 집세가 드는데. 시청 사람도 같은 사람인데, 얘기를 하면 이해할걸요."

생각지도 못했다. 지금까지의 경험상, 시청 공무원은 그때그때 상황에 맞게 대응한다는 이미지가 나에겐 없었다.

"알았습니다. 전화해 볼게요."

"자, 그럼 오늘은 그만 갈게요. 내 전화번호를 가르쳐 줄 테니 앞으로 곤란한 일이 있으면 연락해요."

전화번호를 교환하고 모토코는 깊이 머리를 숙였다.

"정말로 고맙습니다. 큰 도움이 됐습니다."

"괜찮아요. 저 할아버지들도 가끔 몸을 움직이는 편이 좋은걸요. 자, 다음에 또."

단노의 작은 뒷모습을 배웅했다.

"아, 맞다. 단노 씨"라고 황급히 말을 걸었다. "한 가지 여쭤보고 싶은 게 있는데요"라고 말하며 쫓아갔다.

"뭔데요?"라고 돌아보며 단노가 다가온다.

"저희 시어머니가 토끼를 기르는 걸 알고 계세요?"

그런 건 본 적도 들은 적도 없다고 분명 그렇게 말하리라는 기대를 품고 그녀의 입을 유심히 바라보았다. 그런데⋯⋯.

"아, 그 살찐 갈색 토끼. 다키 씨가 잔디밭에서 산책시키는 걸 몇 번 보았지. 운동시켜서 살을 빼려 한다며."

"왜요? 무슨 일 있어요?"

절망적인 기분이 들었다.

역시 그 거대한 토끼를 집으로 데려가야 하나.

친어머니는 만년이 돼서 고양이를 키우고 싶어 했다. 하지만 고양이보다 본인이 먼저 죽으면 사람들에게 폐를 끼친다고 참았다. 그 대신 어머니는 고양이 달력을 방에 장식해서 매일 사랑스런 눈길로 바라보곤 했다.

아, 역시 어머니는 자제심의 달인이었다.

시어머니, 시어머니와는 완전히 달라요.

얼굴을 들자 단노가 걱정스러운 듯 이쪽을 바라보고 있었다.

"저희 집 맨션에 토끼를 데려가야 한다고 생각하니, 정말이지 싫어요."

"데려간다고? 왜요? 그 토끼는 다키 씨 토끼가 아닐 텐데."

"어머, 정말이세요? 그럼 누구 토끼에요?"

"옆집에서 맡겼다고 이야기했는데."

"어머, 옆집 토끼였어요?"

화가 치밀어 올랐다. 기초생활수급을 받고 있다고 해서 안쓰럽게 생각했는데.

그런 질 나쁜 거짓말은 용서할 수 없다.

단노가 돌아간 뒤에도 화가 가라앉지 않았다.

하지만 그것보다 먼저 시청에 전화를 해야 한다.

"여보세요, 대형폐기물 관련해서 물어보고 싶은 게 있는데요."

"네, 말씀하십시오."

오늘 담당자의 목소리는 밝고 친절한 울림이 있다.

"한 번에 세 개밖에 배출하지 못하잖아요. 그런데 시어머니가 돌아가셔서 집을 정리하러 왔는데."

"그러시군요. 그렇다면……."

물어봐서 다행이었다. 단노가 말한 대로였다. 시청 공무원은 항상 네모반듯해서 절대 규칙을 어기지 않는다고 생각했는데 말하면 이해해 주기도 한다.

"이사하시는 마지막 주만 여섯 개까지 배출할 수 있습니다."

"그건 홈페이지에 적혀 있어서 알고 있어요. 그게 아니고 대형폐기물이 전부 팔십 개 정도인데, 아무리 정리해도 끝이 없어요. 하루 빨리 이사하지 않으면 집세가 들어서 곤란하거든요."

이럴 때는 사뭇 가난하다는 듯 말하는 편이 효과적이다.

"그렇게 말씀하셔도 규칙은 어길 수 없습니다."

냉정한 말이 귓가에 메아리친다. 단노의 말하면 이해한다, 라는 건 역시 불가능한 일인 듯하다.

"정 그러시면 업체에 의뢰하시면 어떠신지요?"

"업체에 맡기면 대형폐기물만으로 천만 원 가까이 든다고 했어요."

"그렇게나 듭니까? 그래도 요즘은 업체에 맡기는 분들이 많습니다."

"어떻게 안 될까요? 천만 원이라니 저희 형편상 그렇게 낼 수는 없어요."

친어머니가 이 대화를 들으면 꼴사나운 짓은 그만두라고 혼을 낼 것이다.

어머니, 저는 가계를 지키기 위해 뻔뻔해졌어요. 네, 후안무치해졌어요.

평생 동안 돈 걱정을 한 적이 없는 어머니는 모르겠지만요. 그래도 나는 강해진 나 자신을 칭찬하고 싶어요.

그런 생각 한편으론 시어머니라면 나보다 더 끈덕지리라 생각한다. 상대가 두 손 들 때까지 물고 늘어지지 않았을까.

"어떻게 안 될까요."

"그럼 이웃 분들에게 말씀하시는 건 어떠신지요?"

"무슨 말씀이지요?"

그렇게 묻자 전화 건너편은 침묵했다.

설마, 라는 생각이 들지만 "이웃의 이름을 빌린다는 말씀이세요?"

들었는데 아무 대답도 없다.

"여보세요?"

"그런 분도 계시다는 사례를 말씀드린 것뿐입니다."

시청에서 일하는 입장에서는 완곡하게 조언을 할 수밖에 없다는 말일까.

"알겠습니다. 그럼 이웃의 이름을 빌리도록 하겠습니다. 고맙습니다."

건너편이 무슨 말을 하기 전에 전화를 끊었다. 이걸로 시청의 허가를 얻은 것과 다를 바 없다.

바로 전화를 해서 사정을 이야기했다.

"그래요. 우리 이름을 쓰도록 해요."

단노는 소탈하게 승낙했다. 그리고 다섯 명의 자치회 임원 주소와 전화번호를 가르쳐 주었다. 이제 타인 명의로 대형폐기물 신청을 할 수 있다. 즉 나를 포함해 한 번에 열여덟 개, 한 달이 사 주라고 하면 일흔두 개의 대형폐기물을 배출할 수 있다는 계산이 된다.

다른 사람의 도움을 받을 수 있으리라 생각도 못 했다. 그것도 오늘 처음 만난 새빨간 남이다. 옛날사람인 나도 어느새 타산적인 세상에 익숙해져 있었다. 남들끼리 서로 돕거나 내가 먼저 도움을 청하는 생각은 머릿속에서 완전히 자취를 감췄다. 나 혼자 힘으로 감당할 수 없는 경우는 돈을 내고 전문가에게 의뢰한다. 그 이외의 방법은 없다고 머릿속으로 단정하고 있었다.

그런데 이웃들에게 도움을 받을 수 있다니 얼마나 행운인가.

어제까지는 이웃끼리 교류하는 일의 성가심과 프라이버시 침해라고도 할 수 있는 시골의 교류방식이 거북했다. 옆에 누가 사는지 모르는 도시의 라이프스타일이 성격에 맞았다. 하지만 이곳은 도쿄이면서 온정 어린 교류가 남아 있다. 재활용을 자치회 비용으로 한다고 해도 대단한 금액은 아닐 테다. 앞으로 오래 교류하면 몰라도 나는 쓰레기 처분을 위해 여길 다니고 있을 뿐 그 일이 끝나면 다시는 이곳에 올 일은 없다. 그뿐인가. 명의를 빌려서 대형폐기물을 배출하려는 며느리가 비상식적으로 쓰레기들을 배출할지도 모른다. 그런 위험을 감수하고 명의를 빌려 주었다.

집에서 가져온 홍차로 밀크티를 만들어 천천히 음미했다.

행운의 여운에 잠겨서 마시는 뜨거운 홍차는 여느 때보다 훨씬 풍미가 깊다.

응? 잠깐만…… 뭔가 중요한 걸 잊고 있지 않나?

유품정리를 시작하고부터 건망증이 심해진 듯하다. 생각해야 할 게 너무 많아서 뇌 용량을 초과한 것이다.

아, 그거였지. 베란다의 발포 스티로폼 상자. 옆집과의 칸막이 판자로 두 개씩 쌓여 있다. 왼쪽 집뿐 아니라 오른쪽 집도 똑같다. 야채류가 들어 있지 않을까 생각하니 여는 게 무서웠다. 볕이 잘 들어서 썩지 않았을까. 벌레가 들끓는 걸 상상하니 오싹한다. 다음 토요일은 일을 해야 하니 남편 혼자서 정리하러 오기로 했다. 그럼 남편에게 정리하도록 미루면 된다. 뭐 조금은 남편도 정리의 고충을 알게 하고 싶다.

아니다. 더 다른 게 있다. 화가 난 일이 있었다.

아, 그거다. 토끼다.

장난도 아니고, 옆집 토끼였다니. 당장 확실히 해 두어야겠다.

그렇게 생각하고 홍차를 다 마시고 옆집 현관 앞에 섰다.

"네에."

안에서 목소리가 들린다. 현관문을 여는 몇 초 사이에 화가 펄펄 끓어오른다.

"토끼 말인데요."

인사도 하지 않은 채 갑자기 본론을 꺼냈다.

무슨 생각을 했는지 사나에는 만면에 웃음을 지었다.

"데리고 가실 건가요. 지금 바로?"

"적당히 하세요. 사실은 당신 토끼죠?"

"네?"

아닌 밤중에 홍두깨라는 게 이런 걸 두고 하는 말일까.

멍한 얼굴로 이쪽을 바라본다. 연기를 하는 것 같지 않았다. 무방비상태와 같은 표정을 짓고 있다.

"당신이 애완동물가게에서 산 거 아니에요?"

"아니에요. 내 것이 아니에요. 전에도 말했지만 온천여행 동안 잠시 맡아달라고 다키 할머님이 부탁했어요. 정말이에요."

"흐음."

"의심하는 건가요? 그러면 여기서 잠깐 기다리세요."

사나에는 안으로 들어가더니 바로 작고 하얀 종이를 가져왔다.

"이 메모를 보세요. 할머님한테 받은 거예요."

―토끼 기르는 법

―아침에 할 일. 아침밥, 물 교환

―밤에 할 일. 저녁밥, 운동, 화장실 청소, 케이지 청소, 빗질

초등학생이 쓴 것 같은 네모난 필체는 분명 시어머니 글씨다. 시어머니는 무슨 연유인지 글씨를 작게 쓰지 못하는 사람이었다.

글자 한 자 한 자가 아주 크고 꾹꾹 눌러쓰는 힘도 아주 셌다. 게다가 사나에가 거짓말을 하는 것처럼 보이지 않는다. 애초에 거짓말에 능한 여자라면 후미라는 마른 여자에게 무시당하거나 하지 않을 테니.

역시 토끼는 시어머니 것이었나.

인정할 수밖에 없었다.

"의심해서 미안해요."

그렇게 말하면서 그럼 단노의 말은 뭐였지, 라고 생각한다. 그녀는 옆집이 맡겼다고 시어머니한테 들었다고 말했다. 단노가 굳이 거짓말을 할 이유는 없지 않은가.

"사나에 씨, 정말 미안해요."

"괜찮아요. 정리가 끝날 때까지 저희 집에서 맡아 둘게요."

그렇게 말하고 웃어 보였다. 얼마나 착한 사람인가. 하지만 사나에 씨, 당신 남에게 너무 친절한 거 아니에요? 나라면 당장 토끼를 돌려줄 텐데. 아까 데리고 가실 건가요, 라고 말할 때의 기뻐하는 얼굴이라니. 드디어 집에서 토끼가 없어진다는 해방감 같은 게 보였어요.

"사나에 씨, 지금 시간 있어요? 잠깐 저희 집에 올래요? 실례인 줄 알지만 혹시 뭔가 갖고 싶은 게 있으면 가져가도 돼요."

"저도 꼭 보고 싶어요."

그렇게 말하고 사나에는 두툼한 카디건에 팔을 넣으며 현관을 나왔다.

"실례하겠습니다"라고 말하며 들어온다.

"마음껏 방들을 둘러봐요."

"고맙습니다."

사나에는 현관을 들어와서 바로 작은 방을 들여다보았다.

"저 침대를 갖고 싶어요."

방 한쪽에 세워 둔 접이식 침대를 손으로 가리켰다.

"정말요? 가져갈래요? 다행이다."

이걸로 대형폐기물 하나가 줄었다.

"전부터 이 침대가 갖고 싶었어요."

전부터? 이 침대가? 무슨 뜻일까. 이 침대를 본 적이 있는 걸까.

"여기 놀러온 적 있어요?"

"아니요. 그런 건 아닌데요."

얼버무리며 눈길을 피한 게 마음에 걸린다.

"그리고 쓰다 만 조미료들도 있는데"라며 너무 실례가 아닌가 하고 말끝을 흐렸다.

"주세요. 쓰던 것도 아무 상관없어요."

"다행이다. 그럼 종이상자에 정리해 놓을 테니 나중에 가지고 갈래요?"

"네. 고맙습니다."

"코다츠는 어때요? 필요 없어요?"

"필요 없어요. 에어컨으로 충분하니."

"그렇죠."

나는 코다츠가 있는 집에서 자라서 코다츠를 아주 좋아했지만 틈만 나면 코다츠 아래에 눕거나 잠을 자거나 해서 생활이 나태해진다. 청소할 때도 코다츠 상판과 이불을 일일이 거두어야 해서 귀찮다.

"그럼 그릇은?"

사나에의 식기장에 그릇이 빼곡하게 들어 있는 걸 알고 있지만 혹시 몰라 물어보았다.

"음, 아마 필요 없을 것 같지만 한 번 보여주세요."

"그래요, 봐요. 그리고 운동화도 많은데"라고 말하며 신발장을 열어서 보였다.

"다 좋은 신발이네요. 사이즈도 딱 맞아요. 저 주세요. 지금까지 만 원 정도 되는 신발밖에 산 적이 없어요. 유명 스포츠회사 로고가 들어 있는 신발이라니, 대단해요."

"가져갈래요? 다행이다"라며 재빨리 마트의 쇼핑봉투를 내밀었다. "얼마든지 가져가도 되요. 괜찮으면 전부 다."

"넣어 둘 곳도 없으니 세 켤레만 가져갈게요. 고맙습니다."

"그리고 정장은 어때요? 시어머니와 사나에 씨는 나이 차가 나지만 혹시 사이즈는 맞지 않을까 싶어요. 싫으면 관둬도 되니 보기만 해요."

그렇게 말했을 때 문밖에서 사람의 목소리가 들렸다.

아, 하고 사나에가 벽시계를 바라보았다. "죄송해요. 오늘 친구가 오기로 되어 있어서."

친구는 후미를 말하는 걸까. 그런 여자, 멀리하면 좋은데.

"그래요? 어쩔 수 없죠. 그럼 다음에 또 천천히 보러 올래요?"

"네. 물론이죠. 지금 친구의 도움을 받아 침대를 저희 집으로 옮겨도 괜찮을까요?"

"네, 물론이죠."

"그럼 금방 친구를 불러 올게요"라며 사나에는 나갔다.

가구가 하나라도 방에서 사라지는 게 기뻤다.

사나에는 바로 돌아왔다. 그 뒤로 사람의 기척이 났다.

"안녕하세요. 처음 뵙겠습니다."

이목구비가 뚜렷하고 거무스름한 피부의 남자가 나타났다.

"아, 처음 뵙겠습니다. 어머, 인도 분?"

그렇게 묻자 체구가 작은 남자는 "그렇습니다"라고 온화한 미소로 대답했다.

흰머리가 있는 걸 보면 오십 전후일까.

"침대를 주시기로 했어."

아까까지의 사나에와 달리 남자에게 어리광을 부리는 여자의 얼굴 표정으로 변해 있었다.

"들어가도 괜찮겠습니까?"라고 남자가 조심스레 물었다.

"네, 들어오세요. 침대를 처리할 수 있어서 다행이에요."

둘이서 방으로 들어와 침대 양끝을 서로 들고 벽과 기둥에 부딪히지 않게 천천히 옮긴다.

"고맙습니다"라고 사나에는 활짝 웃음을 지었다.

"아니에요. 제가 오히려 고마워요."

사이가 좋아 보이는 두 사람을 배웅했다.

언젠가 후미가 사나에에게 남자라도 오느냐고 물은 적이 있는데, 저 인도사람일까. 사나에는 친구라고 했는데 어떤 관계일까. 어디서 알게 된 걸까. 평일 낮인데 일은 하지 않는 걸까.

그 후 엘피와 시디를 상자에 넣는 작업에 들어갔다. 전부 자기 방으로 가져가겠다고 남편은 말했다. 어머니가 좋아하던 노래를 들을 수 있다는 게 부럽다.

어머니가 좋아하던 노래는 뭐였지. 떠오르지 않는 것은

그런 이야기를 한 적이 없기 때문이라는 단순한 사실을 깨닫고 쓸쓸한 기분이 들었다.

얼마 지나지 않아 현관의 벨이 울렸다.

외시경으로 들여다보니 사나에가 웃고 있다.

문을 열자 사나에는 트레이에 담은 카레라이스를 눈앞에 내밀었다. 이때까지 보지 못하던 의기양양한 표정이었다.

"이거, 라지프가 만들었어요. 아, 라지프는 아까 그 사람이에요. 괜찮으시면 드셔 보세요. 점심 아직 안 드셨죠?"

주저하자 괜찮다며 트레이를 떠넘겼다.

"고마워요."

"밥은 버터라이스에요. 정통카레라 정말 맛있어요. 접시는 씻지 않아도 괜찮으니 그대로 주시면 돼요. 정말 씻지 않아도 괜찮아요."

그렇게 말하고 싱긋 웃더니 "그럼 또"라고 말하고 돌아갔다.

마음씨가 착하다는 건 잘 알고 있었다. 정리하는 도중이라 제대로 점심도 먹지 못했으리라 걱정한 듯하다.

하지만 아무래도 먹고 싶지 않았다. 사나에는 기초생활수급을 받고 있고 정체를 알 수 없는 외국남자가 종종 놀러 온다. 그것을 생각하면 카레라이스가 왠지 께름칙했다. 이런 마음을 차별이라고 하는 사람도 있을지 모르겠다.

사나에가 카레를 가져다주어서 벌써 점심이 지난 걸 깨달았다.

집에서 가져온 인스턴트커피에 뜨거운 물을 붓고 무지방 우유를 넣어서 카페오레를 만들었다. 카레라이스를 그대로 두고 전철역에서 사 온 중화 샐러드와 비프 샌드위치를 봉투에서 꺼내 먹었다.

그 후 카레라이스는 신문지를 펼치고 그 위에 버린 후 몇 겹으로 감싸서 쓰레기봉투에 버렸다.

접시와 숟가락을 깨끗하게 씻고 "맛있었어요. 고마워요"라고 말하며 사나에에게 돌려주었다.

사나에는 의심하는 기색도 없이 "그렇죠? 맛있었죠?"라고 말해서 마음 한 구석이 찔렸다.

집의 엘리베이터 구 층에서 내리니 엘리베이터 옆 어둠 속에 아오가 있었다.

아오네 집은 엘리베이터와 가장 가까운 곳에 있다. 아오는 몇 번이나 현관문에서 얼굴을 내밀고 밖을 살피다 엘리베이터가 있는 곳까지 와서 이제나저제나 부모의 귀가를 기다린다.

그 모습을 볼 때마다 가슴이 저리다. 집안에서 텔레비전이라도 보고 있으면 될 텐데 생각하다가도 집에 혼자 있는 게 불안한 것이다.

옆을 지나갈 때 아오의 얼굴에 눈물자국이 있는 게 보였다. "괜찮니?"라고 무의식중에 말을 걸었다.

아오는 깜짝 놀란 것처럼 이쪽을 올려다보았다. 같은 층의 주민 아무도 아오에게 말을 걸지 않는다는 걸 처음 깨달았다. 눈을 크게 뜬 작은 얼굴이 도시생활의 비정함을 말해 주는 것처럼 느껴진다.

"엄마 기다리니?"라고 묻자 아오는 고개를 까딱 끄덕였다.

이쪽을 올려다보는 눈이 도움을 요청하는 것처럼 느껴지는 건 착각일까.

"혼자서 괜찮아?"

"……네."

"몇 학년?"

"1학년."

보육원은 배웅과 마중을 해 주지만 초등학교에 진학하

면 그마저 없다.

"돌봄교실은 다니니?"

"네, 다녀요."

"돌봄교실은 몇 시에 끝나?"

"다섯 시요."

"다섯 시구나. 여긴 추운데 방에서 기다리지."

아오는 머리를 양옆으로 흔들더니 아무 말도 하지 않고 고개를 숙였다. 다시는 눈을 마주치고 싶지 않다고 말하듯, 등을 돌리고.

"조심해."

그 말을 한 순간 후회했다. 대체 뭘 어떻게 조심하라는 말일까. 헤어질 때 뭔가 한 마디 해야 한다고 생각했는데, 그런 허울뿐인 말밖에 나오지 않았다.

저런 자그마한 등, 유괴하려면 간단하다. 힘이 없는 나 같은 아줌마도 가볍게 들 수 있다. 지금까지 무수히 무시해 왔는데, 오늘따라 아오를 내버려 두어도 괜찮을까, 걱정된다.

그때 남편의 말이 머릿속에 울렸다.

"괜히 상관하지 마. 어차피 제대로 된 부모도 아닐 테니.

아버지가 야쿠자면 어쩌려고."

날도 완전히 어두워져서 배가 고플 시간대다. 간식은 있을까.

오늘도 부모는 귀가시간이 늦을까.

집에서 뭔가 간단하게 먹이면 안 될까.

아오네 아버지는 야쿠자로 보이지 않아. 그렇지만 도쿄에는 여러 부류의 사람이 있어.

사람은 겉모습만 보고 모르는 거야. 상관하지 않는 편이 무난해.

하지만…….

뒷덜미를 잡아당기는 느낌을 뿌리치며 아오를 등지고 돌아섰다.

9

토요일은 남편이 혼자 정리를 하러 갔다.

모토코는 주얼리 미유키로 출근했다.

남편은 쉬는데 나는 일을 하는 날은 어쩐지 기분이 좋다. 남편보다 대단해진 기분이 든다.

이런 날은 남편이 저녁을 준비하기로 되어 있는데, 언젠가 친구들에게 그 말을 하자 모두들 부러워했다. 동창과 결혼한 장점이네, 라고 간단히 결론지은 친구도 있었다.

남편이 차린 저녁은 비록 마트에서 산 반찬과 간단한 된장찌개라도 전혀 상관이 없다. 그날은 누가 뭐라고 해도 아침부터 기분이 좋다. 게다가 아내가 먼저 죽는 경우도 있으니 남편도 집안일에 익숙해지는 편이 좋다.

"어서 오세요."

공교롭게 매니저가 없는 날이면 손님이 끊이질 않는다.

손님이 오면 활기가 넘치고 하루가 눈 깜짝할 사이에 지나간다. 그렇지 않은 날은 매장 앞에 계속 서 있기만 해서 시간이 지독하게 늦게 가는 것 같고 오히려 더 피곤했다. 한가하면 매니저나 동료와 수다를 떠는 시간이 많아서 자칫 쓸데없는 이야기까지 하곤 나중에 말하지 말걸, 하며 후회하는 일도 종종 있다.

하지만 오늘은 충실한 하루였다. 매출이 많아서 상쾌한 기분으로 직장을 나올 수 있었다.

퇴근길 전철 안에서 휴대폰을 보니 메일이 몇 통 와 있었다. 할인 안내나 메일매거진 속에 남편의 메일이 세 통이나 있었다.

'깜짝 놀랐어. 베란다에 있는 발포스티로폼을 들었더니 옆집과의 칸막이 판자에 구멍이 나 있었어. 그것도 사람이 드나들 수 있을 만큼 큰 구멍. 뭔가 이상해. 옆집은 기초생활수급을 받고 있는 싱글맘이었지?'

"어머."

어떻게 된 거지. 구멍이 나 있다니. 그것도 사람이 드나들 수 있는 정도라니.

발포스티로폼 내용물에만 신경을 쓰느라 그런 일은 상상도 못 했다. 메일을 보면 남편은 사나에를 의심하는 듯하다. 그녀가 칸막이 판자의 구멍을 뚫고 마음대로 드나들었던 게 아닌가 하고. 만일 그렇다면 코다츠의 온기는 설명이 가능하다. 썩기 시작한 야채를 버린 건 사나에인가. 대체 무엇 때문에? 그리고 돌이나 화분의 흙과 줄기도 사나에가 버려 주었을까.

침대를 갖고 싶다고 사나에는 말했다. 침대가 있다는 사실을 이전부터 알고 있었던 듯한데 그것은 별로 이상한 일은 아니다. 토끼를 맡아 줄 정도이니 시어머니와 종종 왕래가 있었을 테니까.

남편에게 온 두 번째 메일을 열어 보았다.

'인도 사람도 깜짝 놀람.'

그 한 줄뿐이었다. 라지프가 놀러온 걸 본 것 같다.

세 번째 메일을 열어 보았다.

'이 단지, 도대체 어떻게 된 거야. 오른쪽뿐 아니라 왼쪽 칸막이 판자에도 작은 구멍이 나 있어. 왼쪽에는 어떤 사

람이 사는지 당신은 알아?'

내가 알고 있는 건 오른쪽 사나에뿐이다. 왼쪽 주민은
알지도 못할 뿐더러 위층과 아래층 사람도 모른다.

다음에 정리를 하러 가면 넌지시 단노에게 물어봐야겠다.

이른 아침부터 진눈깨비가 섞인 비가 내렸다.

장갑을 끼고 왔으면 좋았을 걸, 후회하는 게 몇 년 만일
까. 눈이 많이 내리는 북쪽 고장에서 나고 자라 추위에 익
숙한 나도 겨울이면 도쿄 역시 춥다. 하지만 결정적인 차
이는 도쿄의 겨울은 장갑 없이도 지낼 수 있다는 점이다.
고향의 겨울은 장갑 없이는 외출도 힘들다.

그러나 오늘은 달랐다. 며칠 전부터 기온이 부쩍 올라
봄이 코앞이라고 기대하고 있었는데 추위가 온몸을 파고
든다. 나도 모르게 주머니에 손을 찔러 넣었다.

'아, 오늘은 왜 이렇게 춥지.'

열쇠를 꺼내려 가방에 손을 넣은 순간 차가운 금속이 손
끝에 닿았다. 부르르 몸이 떨리고 온몸이 얼어붙는 것 같
았다.

오늘은 맨손으로 차가운 금속은 만지지 말자. 그렇게 생

각하면서 머릿속으로 온통 추위 생각만 했다. 그래서 방심하고 있었다.

평소라면 수상한 사람이 어디 숨어 있지 않을까. 있다면 옷장일까 아니면 양복장일까 상상하면 무서운 생각이 들어 현관에 들어서서 바로 문을 활짝 열고 스토퍼로 고정했다. 그리고 모든 방의 창을 열면서 전체를 둘러보았다. 그렇게 하지 않아도 괜찮았던 날은 남편과 함께 왔을 때뿐이었다.

하지만 너무 추워 창을 열 마음도 나지 않았고, 빨리 난방을 틀 생각밖에 머릿속에 없었다. 피로가 쌓인 탓인지 머리도 잘 안 돌아가고, 냉기가 들어오지 않도록 현관문도 빨리 닫아 버렸다.

"아, 추워."

그렇게 말하며 고요한 현관에서 부츠를 벗고 짧은 복도를 서둘러 걸어갔다.

실내 공기가 따뜻한 것 같은 기분이 들기도 했지만 바깥 공기가 너무 차가워서 그렇게 느끼는 것이라 생각했다.

주방에 들어가 조명을 켰다. 아침 아홉 시인데 비 때문에 실내는 어둑어둑했다.

이 집은 에어컨이 거실에 한 대밖에 없다.

빨리 난방을 켜자, 그렇게 생각하며 거실로 통하는 문을 연 순간이었다.

응?

순간 숨을 삼키며 그 자리에 멈춰 섰다.

거실 한가운데 조그마한 여자아이가 쓰러져 있었다.

초등학교 저학년일까. 긴 머리가 하얀 볼을 뒤덮고 있었다. 피는 흘리지 않았지만 공포영화에서 본 듯한 광경이었다.

캬악.

그렇게 비명을 지를 뻔했지만 목소리가 나오지 않았다. 목구멍이 막힌 듯 목소리가 나오지 않는다. 무서움에 겨워 현관으로 되짚어가는 발이 떨려 뒤엉킨다.

어떻게 하지.

그래, 사나에. 사나에를 부르자.

아니야, 구급차가 먼저야. 저 아이는 귀신이 아니라 병이나 사고로 쓰러진 게 뻔하잖아.

잠깐만. 우선 사나에를 부르자. 아니야, 사나에는 믿을 수 없어. 그래, 단노, 단노가 훨씬 믿음직스러워. 아니야, 구급차가 먼저야. 빨리 불러야 해.

복도에 우두커니 서서 휴대폰을 열었지만 긴장과 공포 때문에 잘 조작할 수 없다.

손가락이 마음대로 움직이지 않았다.

숨을 깊게 들이쉬고, 그래 심호흡.

그때 등 뒤에서 소리가 났다.

놀라서 뒤를 돌아보자 여자아이가 벌떡 일어서 있었다. 졸린 듯 눈을 비비면서 이쪽으로 다가온다.

'여긴 어디?'

그렇게 묻고 싶은 듯 보였다.

목구멍에서 침을 꿀꺽 삼키는 소리가 났다.

"너는 누구니? 이름은? 여기 어떻게 들어왔니?"

그렇게 물으면서도 나도 모르게 뒷걸음질을 치고 있었다.

그리고 현관으로 달려가 문을 활짝 열었다.

저런 작은 여자아이가 혼자서 여기 왔을 리가 없어. 여긴 어떻게 들어온 거지. 여기 어디 흉기를 든 흉악한 아버지가 숨어 있을 거야.

롱부츠를 신을 시간이 없었다. 현관 앞에 놓여 있던 시어머니의 꽃무늬 스니커즈에 발끝만 걸친 채 밖으로 달려

나와 사나에의 집 초인종을 연달아 몇 번이나 눌렀다.

대답이 없다.

아직 자고 있나.

문을 쾅쾅 두드렸다. 왜 이렇게 긴박한 순간에 사나에는 없는 거야.

휴대폰을 꺼내 주소록에서 단노의 전화번호를 찾고 있는데 등 뒤에서 기척이 느껴졌다.

당황해서 돌아보니 작은 여자아이가 현관 앞까지 나와서 모토코를 올려다보고 있었다.

비명을 지를 뻔했다.

"아줌마, 토끼는 어딨어요?"라고 묻는다.

"토끼라니?"

"토끼 말이에요. 갈색의"라고 여자아이가 볼멘소리로 말했다. 아무래도 화를 내고 있는 듯했다.

"그 토낀, 이 집 아줌마가 데리고 있어"라고 모토코는 사나에의 집 문을 가리켰다.

"정말요?"이라며 여자아이는 의심스런 눈초리로 쳐다본다.

"너는 어디 사니?"

그렇게 묻자 여자아이는 사나에 집과 반대쪽 집을 가리켰다.

"거기가 네 집이니?"

놀라서 되묻자 여자아이는 고개를 크게 끄덕였다.

그때 사나에의 현관문이 열렸다.

몸이 안 좋은지 얼굴이 새파랗다. 빈혈이라도 난 듯 보였다.

"히나코구나. 왜 그러니?"라고 사나에가 여자아이에게 가는 목소리로 말을 걸었다.

"토끼가 정말 아줌마 집에 있어요?"

"있단다. 보고 싶니?"

"그럼요. 그 토낀 내 토낀 걸요"라고 뾰로통하게 말했다.

단노가 말하던 옆집이란 여자아이 집을 말한 것인 듯했다.

아, 이걸로 토끼를 거두지 않아도 된다. 그렇게 생각하니 기뻤다.

10

오늘은 전관 모두 할인행사를 해서 손님이 많았다.

주얼리 미유키의 메인 상품은 불규칙한 담수진주 목걸이와 귀걸이인데, 파격적인 가격으로 인해 아침부터 팔림새가 호조를 보였다.

간신히 손님 발길이 뜸해졌을 때 매니저가 물었다.

"토끼는 그 뒤로 어떻게 됐어? 누구 토끼인지 판명 났어?"

"네, 드디어 알았어요. 옆집에 살고 있는 여자아이가 친구한테 받은 거였어요."

반에서 가장 친한 아이가 이사를 가는 게 섭섭해서 이사

당일 몰래 그 집을 보러 갔다는 것이다. 숨어서 지켜볼 생각이었는데 친구 엄마가 곧 알아보고 손짓해서 부르더니 손수건을 선물로 주었다.

"이사 가서도 히나코 같이 좋은 친구가 생기면 좋은데."

친구 엄마는 아쉽다는 듯 그렇게 말했다.

친구 집의 토끼가 새끼를 세 마리 낳았는데 히나코는 매일 토끼 새끼를 보러 갔었다.

"히나코, 한 마리 줄게."

그때는 아직 손바닥 위에 올릴 만큼 작은 토끼였다고 한다.

"그럼 히나코라는 아이의 토끼였네. 다행이네. 그걸로 한숨 돌렸네."

"그게 그렇지도 않아요."

"어머, 왜?"

히나코 집은 어머니와 단둘이 사는데, 어머니는 아침부터 밤까지 일을 한다. 토끼를 데려갔을 때 기뻐할 줄 알았는데 어머니는 크게 화를 냈다.

"어서 갖다 버려."

친구에게 돌려주려고 해도 이미 이사한 뒤였다.

어머니에게 혼난 히나코가 토끼를 품에 안고 복도에서 홀쩍홀쩍 울고 있는 걸 시어머니가 지나가다 보고 말을 건 듯하다.

"사정이 그러니 내 집에 두렴."

다음날, 시어머니는 전철역 앞의 백화점 옥상에 있는 애완동물가게에 가서 사육용품과 사료를 샀다. 히나코가 언제라도 토끼를 보러 올 수 있도록 애초부터 금이 가 있던 옆집과의 칸막이 판자에 살짝 구멍을 뚫었다. 그것은 작은 여자아이밖에 드나들 수 없을 만큼 작은 구멍이었다. 베란다에 접한 창호의 잠금장치가 고장나 있었기 때문에 손쉽게 집으로 들어올 수 있었다.

히나코의 이야기를 헤아리면 사료를 비롯해 토끼와 관련한 비용은 모두 시어머니가 낸 듯하다.

"그럼 모토코가 어떻게든 할 수밖에 없겠네."

"그렇지만……."

"아무리 그래도 그 여자아이에게 돌려줄 수도 없잖아. 분명 엄마한테 크게 혼이 날 거야."

"그렇다고 토끼를 저희 집에서 기르는 건……."

"그럼 어디 강가에 버리면? 그게 유기동물 보호센터에

맡기는 것보다 마음이 아프지 않잖아?"

토끼는 몇 킬로나 나갈까?

강가에 풀어놓는다고 끝날 문제가 아니다. 사람들이 없는 시간대를 노려야 한다. 버리는 모습을 누가 보고 뭐라고 하는 날에는, 상상만 해도 가슴이 쿵쾅거린다. 이럴 땐 내가 소심하게 여겨져 너무나 싫다.

"그렇지 않으면 모토코가 기를 수밖에 없네"라고 매니저는 딱 잘라 말했다.

"그건……."

"괜찮아. 운동시켜서 살을 빼면 돼. 온몸을 꼼꼼히 씻겨서 깨끗하게 하면 되잖아. 적당히 털도 자르면 괜찮을지 몰라. 씻겨 보면 어때? 그럼 깨끗해지고 안으면 복슬복슬해서 조금은 애정이 생길 거야."

"어머."

사람들은 나를 어떤 사람으로 볼까. 순수한 소녀? 아니면 단세포 인간?

어느 쪽이든 좋은 기분은 아니다. 하지만 다루기 쉽다고 생각하는 편이 직장에서는 마음이 편하다. 승진 경쟁이 없는 계약직이라면 더 그렇다.

"남편은 뭐라고 해? 토끼."

"아직 남편한텐 말하지 않았어요."

"왜?"

"말해 버리면 사태를 되돌릴 수 없을 것 같은 생각이 들어서."

그렇게 말하자 매니저는 한바탕 웃으며 "그렇네"라며 고개를 끄덕인다.

"어머니가 귀여워한 걸 생각하면 버리지 못할 테지. 분명 보물처럼 애지중지하겠지."

"역시 그렇죠?"

"하지만 야근으로 귀가가 늦으니 실제로는 모토코가 돌보겠지. 그리고 잘 돌보지 않는다고 불평만 늘어놓을 테고."

"제 생각과 완전 똑같아요."

하하하, 매니저는 경쾌하게 웃었다.

"뭐, 괜찮잖아. 빨리 안락사 시키라고 하는 남자보단 훨씬 낫잖아."

"그야 그렇지만."

"아이들도 독립했으니 토끼 정도는 괜찮잖아. 아, 어서 오세요."

　"어서 오세요."

　두 사람은 동시에 인사를 했다.

11

그날은 사나에가 오기로 되어 있었다.

필요 없는 물건을 가져가기로 했다.

종이상자 안에 인스턴트식품과 종이팩 사과주스 등을 많이 남긴 채 시어머니는 돌아가셨다. 부부 둘이 생활하고 부터는 단 주스는 사지 않았고 인스턴트식품은 평소에도 거의 먹지 않아서 아쉬울 것도 없다.

현관 벨이 울렸다.

외시경으로 보니 사나에 뒤에 키가 큰 여자가 있다. 후미였다.

"와 줘서 고마워요. 원하는 물건이 있으면 가지고 가요."

별달리 의식은 하지 않았지만 후미 쪽을 보지 않고 말을 해서 후미의 존재를 무시하는 형국이 되어 버렸다.

"고맙습니다. 그럼 실례하겠습니다"라고 사나에는 밝은 표정을 지었다.

"잠깐 사나에, 뭐야"라며 후미가 뒤에서 사나에의 어깨를 붙잡았다. "기껏 나도 함께 왔는데."

순간 사나에의 표정이 어두워졌다. 이 두 사람은 어떤 관계일까. 친구라고 하기에는 상하관계가 너무 뚜렷하다. 후미의 의도대로 휘둘리고 있지 않은가.

'그렇게 기초생활수급을 받으면서, 얄미워.'

이렇게 트집을 잡으면서 매일 다그치는 광경이 눈에 떠오른다.

사나에는 고심 끝에 결심한 눈빛으로 숨을 깊이 들이마셨다. 그리고 폐에 들이마신 숨을 단숨에 내뱉듯 말했다. "후미, 미안. 잠깐만 여기서 기다리고 있어."

단지 그 말을 하는 데에도 용기가 필요한 듯하다.

"이렇게 추운 데서? 그럼 사나에 방에서 기다릴게."

"그건……."

자기가 없을 때 방에 들어가는 건 싫은 것 같다. 뭘 훔칠지도 모르고, 멋대로 편지 등을 읽어 사생활을 알게 될 가능성도 있다. 그런 걸까.

사나에의 불안한 얼굴을 보니 후미를 믿지 않는다는 점은 분명했다.

"그럼 후미, 오늘 말고 다음에 놀러 올래?"라고 모기 울음소리처럼 가냘픈 목소리로 말했다.

"정말이야? 이렇게 추운데도 기껏 왔는데."

"그러니까……."

사나에가 삼킨 말은 분명 이런 말일 터이다.

'와 달라고 난 부탁하지 않았어.' 아니면 '하다못해 전화라도 해서 내 상황을 물어보고 와.'

모토코가 무의식중에 크게 한숨을 쉰 듯했다. 사나에와 후미가 이쪽을 동시에 바라보아서 깨달았다.

"괜찮으면 후미 씨도 들어와요."

모토코가 후미에게 말했다. 믿음이 가지 않는 사람이라고 생각하고 있다. 깊이 관여하지 않는 편이 좋다고 생각한다. 하지만 한편으로 후미에게 미숙함이 보인다. 난폭한 부모 아래 자라 타인과의 거리를 유지하는 방법을 배우지 못한 채 어른이 됐다. 그런 성장 과정이 투영되어 보인다.

그렇게 생각하는 건 독단적인 생각일까.

후미는 아직 삼십 대이다. 사나에 이외에 친절하게 대하는 지인이 없어서 사나에에게 들러붙어 있을 뿐이다. 그렇게 생각하면 아무것도 무서울 게 없다. 정리만 끝나면 이 집을 해지하고 돌아갈 테니 조금은 후미와 관계해도 별일은 없다.

늦어도 다다음달은 이 집을 퇴거할 예정이다. 자치회 사람들의 도움을 받아 대형폐기물을 처리할 수 있게 됐을 때 대략적인 퇴거일을 정했다. 네 개의 가전제품 수거나 인형 장식장을 비롯해 집으로 옮길 이삿짐센터도 결정했다.

눈치를 보던 후미에게 "추우니 어서 들어와요"라며 재촉했다. 후미에게 친절히 대한 것이 아니라 시간이 아까웠다.

둘을 주방으로 데리고 들어와 사나에를 보고 말했다. "이 방에 있는 물건 중에 혹시 필요한 게 있으면 무엇이든 가져가도 돼요."

"정말 가져가도 괜찮으세요?"

사나에는 눈을 동그랗게 뜨고 열두 개들이 주스 세 팩을 바라보았다.

"이쪽에 있는 것도 봐요."

다양한 인스턴트식품과 즉석식품 등을 펼쳐 보였다.

"딸한테 보내야겠어요. 제 딸은 교토에서 기모노 재봉일을 배우고 있어요."

주저하면서도 어딘가 자랑스러워하는 것 같은 표정이었다.

"그거 좋네요. 기술을 배우면 장래가 안심이 되죠."

별다른 뜻 없이 예의상 한 말에 사나에는 환하게 웃음을 짓는다. 남에게 칭찬을 받은 적이 없었던 지난 인생이 보이는 듯해서 가엾게 여겨졌다.

"정말? 이걸 전부 준다고? 대단한데."

후미가 사나에의 등 뒤에 있는 주스 팩을 물끄러미 바라보았다. 교활한 눈초리였다. 방금 전까지는 버리기 귀찮아서 조금이라도 가져가길 바랐었다.

하지만 지금은 이 후미라는 여자에게는 단 하나도 주지 않겠다는 심술이 났다.

"사실 전"이라며 사나에는 문득 생각난 표정으로 말했다. "수급자예요."

"수급자라니요?"

"기초생활수급을 받고 있어요."

알고 있어요, 라고 말하는 게 미안한 마음이 들었다.

"어머, 그렇구나."

처음 듣는다는 표정을 지었는데 연기를 잘했는지 잘 모르겠다.

"그래서 정말 도움이 돼요."

"이쪽 상자에 물건이 많이 들었는데 한 번 봐요."

간장, 미림, 우스터소스, 마요네즈, 폰즈, 후추, 소금, 설탕. 뚜껑을 따지 않은 비축 물품도 몇 개나 있다. 젊을 때라면 절약하기 위해 집으로 가져가서 사용했을 터이다. 하지만 지금은 조금이라도 빨리 눈앞에서 사라지길 바랐다. 달리 말하면 아이들이 독립하고 가계가 줄어들고 생활이 편해졌다는 반증일지 모른다. 훌쩍 카페에 들어가는 일도 늘었고 옛날처럼 쩨쩨하게 굴지 않았다.

"전부 가져갈게요."

"쌀도 있는데 가져갈래요? 또 즉석밥도 있어요."

"필요해요. 고맙습니다."

"샴푸랑 컨디셔너는 어때요?"

또 다른 상자에는 세제, 섬유유연제, 주방세제, 표백제 등을 넣어 두었다.

"가져가도 될까요?"

"물론이죠. 필요하다니 정말 다행이에요. 버리는 것도 큰일이더라고. 괜찮으면 여기 있는 티슈와 화장지, 수건도 가져갈래요?"

"물론이에요."

모토코가 그것들을 빈 상자에 차례로 넣는 동안 사나에는 자기 집으로 양념 등 무거운 물건을 조금씩 옮겼다.

후미는 흡사 현장감독처럼 팔짱을 끼고 바라보고 있었다. 사나에가 옮기는 것을 도우려고도 하지 않았다. 그렇게까지 눈치가 없는 사람은 내 주위에는 없어서 대체 무슨 생각을 하고 있는지 이해할 수 없다.

"저기, 또 옮길 거야?"

갑자기 후미가 말했다. "목이 마른데, 또 여긴 춥고."

빨리 사나에의 집으로 가자고 재촉하는 듯하다. 모토코는 그만 노려보듯 바라보았지만 후미는 동요하는 기색도 없었고, 눈이 마주쳐도 여전히 아무 표정도 없다.

사나에는 왜 후미 같은 사람과 만날까. 멋대로 찾아오니 거절하지 못하는 것뿐일까. 후미와의 만남은 사나에에게 무엇 하나 좋은 점이 없다. 그뿐인가, 나쁜 길로 끌어들일 것 같은 예감마저 든다.

"후미, 조금 기다려."

사나에가 여느 때보다 강한 목소리 톤으로 말했다. 놀라서 보니 사나에가 다시 숨을 들이마시는 모습이 보였다.

"그게 싫으면 오늘은 그만 돌아가든지."

사나에의 목소리는 단호했다. 후미는 화를 내던 어깨를 풀썩 떨어뜨리더니 "끝날 때까지 기다릴게"라고 중얼거리듯 말했다.

사나에가 강하게 나가는 순간 후미는 약해지는 것 같다. 늘 저런 걸까. 어느 쪽이든 경우에 따라 사나에가 강한 어조로 말할 수 있다는 사실을 알고 조금 안심했다.

"미안해요. 좀 뻔뻔하지만 상자도 가져가도 될까요?"

바닥에 무릎을 꿇은 채 사나에가 이쪽을 올려다본다.

"물론이죠. 하나라도 줄어들면 저는 좋아요."

"상자가 있으면 그대로 딸에게 보낼 수 있어서요. 정말 고맙습니다."

사나에는 깊이 머리 숙여 인사를 하고 나서 종이상자를 안고 현관으로 향했다.

"혹시 또 필요 없는 물건이 나오면 말해도 괜찮을까요?"
라고 등 뒤에서 말하자 사나에는 활짝 웃으며 돌아보았다.

"기쁘게 받으러 올게요."

사나에의 뒤를 따라 후미가 나가고 덜컹 현관문이 닫혔다.

한숨 돌리려고 텔레비전을 켜고 커피를 마셨지만 마음
이 진정되지 않았다.

지금쯤 옆집에서 사나에와 후미는 무슨 이야기를 하고
있을까. 후미가 사과주스와 인스턴트식품을 가로채려 하
지 않을지 자꾸만 신경이 쓰였다.

얼마 후 바깥 복도에서 목소리가 들려서 텔레비전을 끄
고 귀를 기울였다.

"우체국입니다. 택배를 가지러 왔습니다."

현관문으로 슬쩍 얼굴을 내밀고 보니 사나에가 종이상
자를 우체국직원에게 건네는 참이었다. 눈이 마주치자 "아
까 받은 물건을 교토의 딸에게 보내고 있어요"라며 기쁜
듯 웃음 지었다. 상당히 재빠르다.

후미가 가로채기 전에 서두른 걸까.

사나에에게 위해를 가하는 사람은 용서하지 않겠어. 어
느새 모토코는 그렇게 벼르고 있었다.

12

아무리 그래도 너무 뻔뻔한 것 같아.

그렇게 생각하자 도저히 단노에게 전화를 할 수 없었다.

"또 언제라도 전화해요."

그렇게 말했지만 그건 단순히 예의상 하는 말이지 진심
으로 한 말이 아니다.

정리를 할수록 점점 더 나오는 필요 없는 물건들 앞에
모토코는 아연실색 멍하니 두 손을 놓고 말았다.

단노와 자치회 사람들의 도움을 받아 종이류는 단숨에
정리를 했다. 하지만 한숨을 돌린 것도 한순간, 필요 없는
물건이 선반과 벽장 곳곳에서 쏟아져 나온다. 너무나 방대

한 양이었다. 엘리베이터가 없는 단지가 원망스럽다. 쓰레
기장까지 대체 몇 번 왕복해야 하는 걸까. 업체에 모두 맡
기는 사람의 마음을 지금에 와서 절실히 알게 됐다. 아직
오십 대인데 만약 십 년 후라면 애써 저축한 돈을 빼서 업
체에 맡길 수밖에 없었으리라.

그래도 무슨 일이 있어도 두 달 안에 이 집을 빼야 한다.
집세보다 더 이상 이곳에 오고 싶지 않은 마음이 날이 갈
수록 강해졌다.

자치회 사람들에게 정말 신세를 졌다. 정리 마지막 날에
는 감사 선물을 들고 인사하러 가자고 남편과 이야기한 참
이다.

단노는 보기에 키는 148센티 정도이고 몸무게는 40킬
로쯤 되는 듯하다. 가냘픈 몸에 깃든 강인한 체력, 민첩하
고 군더더기 없는 몸놀림. 지금 생각해도 도저히 나보다
나이가 많다고 생각되지 않는다.

그래서 한 번 더 단노의 도움을 받고 싶었다. 어머니가
살아 있으면 이런 뻔뻔한 생각을 하는 나를 보고 뭐라고
했을까.

"염치도 없이, 그만둬. 어서 업체를 불러."

밑져야 본전이니 전화를 해 볼까.

"또 언제라도 전화해요."

다시금 단노의 밝은 목소리가 떠오른다.

그래, 그때 고마웠다고 인사만 해도 되잖아. 거기서 이
야기의 실마리를 찾으면 돼. 그런 생각을 하는 내가 후안
무치하고 뻔뻔한 인간일까. 이제까지 남에게 부탁한 적은
거의 없다. 옆에 누가 사는지 모르는 도시 생활이 성격에
맞다고 생각했다.

시청 출장소에서 대형폐기물 스티커만 사는데도 힐끔힐
끔 바라보는 시선도 불쾌했다. 자기 일은 자기 스스로 알아
서 해야 한다고 생각하며 살아왔다. 무언가를 부탁하는 대
상은 가족뿐, 설령 가족이라도 상대의 상황과 기분을 헤아
리고, 친한 사이라도 예의를 지켜야 한다고 생각했다. 하지
만 아무 대가도 바라지 않는 단노의 친절함은 어떠한가.

게다가 냉장고 안의 썩기 시작한 야채와 베란다의 돌들
을 누군가 버려 주었다. 아마 사나에가 한 것 같다. 오늘 그
것을 묻고 싶었지만 후미가 있어서 묻지 못했다. 베란다
칸막이 판자에 구멍이 뚫려 있는 사실을 후미가 알게 하고
싶지 않았다. 후미는 믿을 수 없다.

코로 숨을 깊이 들이마시고 용기 내서 단노에게 전화를 걸었다.

"여보세요. 단노 씨죠? 저는 호리우치 댁의 모토코입니다. 일전에는 정말 고마웠습니다."

"지금 어디세요?"

"네? 지금 단지에 와 있어요. 일전에 도움을 많이 받아서 남편에게 이야기했더니, 정말로……."

"여보세요. 지금 단지에 있죠?"

"네, 그런데요."

"빨리 연락했어야죠. 다키 씨 며느리가 언제 올지, 모두 기다리고 있는데. 정리는 다했어요? 역시 혼자서는 짐이 너무 많아 무리죠? 주방도 큰일이죠? 아마 식기장이 두 개나 있었는데. 방석만 해도 열 개들이 손님용 방석이 두 세트나 있었죠? 그걸 혼자서 치우는 건 무리라고 자치회 할아버지들도 걱정했어요. 아직 치울 게 많아 엄두도 나지 않죠?"

"사실은 말씀하신 대로예요."

한 번 왔을 뿐인데 집안 구석구석을 꿰뚫고 있다니 감탄하고 말았다.

"실은 버릴 게 너무 많아서 어떻게 해야 할지 몰라서……"라며 살짝 기대를 품었다.

"아, 다행이네. 아직 정리가 끝나지 않아서. 나나 자치회 할아버지들도 돕고 싶어서 몸이 근질근질하던 참인데."

"네?"

"알았어요. 내가 지금 그리 갈 테니."

갑자기 전화가 끊겼다.

거울을 보지 않아도 지금 내가 어떤 얼굴을 하고 있는지 알 수 있었다. 입꼬리가 한껏 치켜 올라간, 흡사 만화에 나올 법한 기쁨을 감출 수 없어 빙그레 웃는 표정이다.

몇 분 지나지 않는데 타닥타닥 계단을 뛰어올라 오는 리드미컬한 소리가 들렸다.

"안녕하세요."

현관으로 나가니 감색 운동복에 청바지를 입은 생기발랄한 소년 같은 모습의 단노가 서 있었다. 그 상쾌하게 웃는 얼굴을 보자 나는 얼마나 뻔뻔한 사람인가, 라는 죄책감은 순식간에 흩어졌다.

"단노 씨, 죄송해요. 바쁘실 텐데."

"아니, 괜찮아요. 오늘은 일도 이미 끝났으니."

"어머, 일을 하고 계세요?"

"그래요. 일흔이나 됐는데 아직 일을 해요."

그렇게 말하고 명랑하게 웃더니 곧장 신발을 벗고 안으로 들어왔다. "근처 노인 분들 집의 가사를 돕고 있어요. 매일 오전 열한 시부터 두 시까지지만 의외로 용돈벌이가 짭짤해요. 몸도 둔해지지 않고 아주 좋아요."

"그거 아주 잘 됐네요."

"이런, 저번에 왔을 때보다 물건이 넘쳐나네. 뭐, 벽장에서 물건을 꺼내면 이렇게 되는 건 당연하지만."

단노는 주방과 거실 사이의 문턱에 서서 방안을 바라보았다.

"찻잔세트와 항아리가 잔뜩 나왔어요. 그것도 전부 사고서 한 번도 쓰지 않은 것 같아요. 어머니는 왜 이렇게 쓸데없는 데 돈을 쓰신 걸까요?"

나도 모르게 불평이 새어나왔다.

"다키 씨가 산 게 아닐걸요."

"네? 그렇지만……."

"우리 세대의 관혼상제 답례품은 도자기류가 주를 이뤘어요. 요즘 유행하는 카탈로그를 보고 선물을 정하는 방식도 없었고, 상품권은 현금과 똑같다고 여겨 실례라고 생각하던 시대였죠."

"그랬군요. 시어머니가 산 물건이 아니군요."

나도 그런 관습이 있었다는 사실은 알고 있다. 하지만 그런 물건을 몇 십 년이나 가지고 있다니.

"다른 것도 있어요. 예를 들어 가방 종류도 쇼핑중독이 아닌가 싶을 정도로 많은데. 여기, 이거요."

"그 가방들도 전부 산 건 아니에요. 대부분 새해나 추석 선물을 백화점에서 보낼 때 사은품으로 받은 거죠. 나도 몇 개 가지고 있는걸요."

"그랬던 거군요."

시어머니가 이상하리만치 낭비를 했다고 멋대로 단정하고 원망하던 내 자신이 부끄러워졌다. 하지만…….

"시어머니는 가방마다 핸드크림이나 립크림을 넣어 두셨어요."

"다키 씨는 치매는 아니지만 분명 나이에 따른 건망증은 있었을걸요. 그래서 가방마다 넣어 두면 외출했을 때 곤란을 겪지 않으니 합리적이라고 생각했을지도."

연장자에게 물어보지 않으면 알 수 없는 일이 많은 것

같다.

시어머니, 죄송해요. 마음속으로 그렇게 말하며 흘낏 천
장 구석을 바라보았다.

"필요 없는 물건은 내가 바자회에 내줄게요."

"정말이세요? 고맙습니다."

"마트 옆에 집회소가 있는데 거기에 자선바자회 상설점
이 있어요. 하지만 상당히 싼 가격으로 팔아요. 매출 전액
은 아동보호시설에 기부하는데 그래도 괜찮아요?"

"물론이죠. 아직 쓸 수 있는 것이나 새것을 버린다고 생
각하니 너무 죄책감이 들어서."

처음에는 그렇지도 않았다. 집 맨션도 작년 연말에 정리
정돈해서 말끔해졌다. 하지만 지금 생각하면 우리 집은 대
단한 양이 아니었다. 여기처럼 양이 너무 많으면 버릴 때
마다 마음이 우울해진다.

"자, 그럼 필요 없는 물건을 계단 아래로 옮기죠. 그 뒤
는 자치회 할아버지들에게 가게로 가져가라고 할 테니."

"잘 부탁드립니다. 뭐라고 감사의 말을 해야 할지."

"괜찮아요. 모두들 다키 씨에게 신세를 얼마나 많이 졌
는데. 다른 사람 일을 잘 도와주고 친절한 분이셨죠. 나

도 십 년 전쯤 힘든 시기가 있었는데 자주 고민을 들어줬
어요. 언젠가 보답하고 싶었는데 이렇게 빨리 돌아가시다
니……. 그래서 지금 그분 며느리에게 도움이 되는 게 기
뻐요. 다키 씨가 인도해 준 게 아닌가 생각할 때가 있어요.”

　힘든 시기라는 건 어떤 사정일까. 그리고 시어머니는 어
떻게 도왔을까. 그런 건 상대방이 말하지 않는 한 묻지 않
는 게 예의이다. 하지만 이 단지의 분위기는 그렇지 않은
느낌이 드는데 실제는 어떤지 잘 모르겠다. 잘 모를 때는
묻지 않는 게 가장 좋다. 그렇게 생각하면서도 혹시 단노
는 말하고 싶은 게 아닐까, 표정을 살폈지만 모르겠다. 아
무리 머리를 빙빙 굴려도 결론을 내리지 못했다.

　나는 오십 대 중반이나 됐는데 대인관계의 방식을 아직
도 모르겠다. 이래서는 후미를 비난할 자격은 없다. 상대
와의 관계나 성격이나 습관에 따라 다르지만 그것을 분별
하기란 어렵다. 그러나 아마 시어머니는 그런 걸 복잡하게
생각하지 않았을 것 같다.

　“왜 그래, 무슨 일 있어? 요즘 얼굴빛이 어두운데, 무슨
일인지 얘기해 봐.”

　시어머니라면 주저 없이 이렇게 묻지 않았을까.

함부로 사생활을 무시하는 사람이 제일 싫었다. 불과 얼마 전까지는.

친어머니는 시어머니와 정반대여서 항상 자신을 자제하고 타인의 일에는 일절 간섭하지 않았다. 남의 이야기를 한 적도 없고 그런 여자들을 경멸했다.

"벌써 십 년도 더 된 일인데, 실은 다키 씨에게 돈을 빌린 적이 있어요."

단노는 친근한 말투로 이야기를 꺼냈다.

"물론 갚았죠. 이자는 내지 않았지만."

그렇게 이야기하면서도 단노는 쉬지 않고 손을 놀렸다. 모토코가 일단 쓰레기봉투에 넣은 도자기를 하나씩 꺼내서 자선용품 상자에 옮겼다.

"부끄러운 이야기지만 우리 딸이 변변치 못한 사내에게 속아서 빚까지 내서 갖다 바치고 있었어요. 그걸 알았을 때는 빚이 눈덩이처럼 늘어났더라고요. 남편은 정년퇴직 후에 아직 일을 찾지 못해서 내 알바 월급으로 가족이 생활하는 상황이었죠. 내 홀쭉하게 마른 모습을 보고 다키 씨가 맨 먼저 말을 걸어 주었어요."

무슨 기억이 떠올랐는지 손을 멈추고 쿡쿡 웃었다.

"다키 씨는 정말 별난 사람이었어요. 서슴없이 꼬치꼬치 캐묻더라고요. 보통은 멀리서 지켜보기만 할 뿐 말을 걸지는 않잖아요?"

"네, 그렇죠."

"다키 씨는 오지랖이 넓어서 지인의 아들의 친구의 아내가 변호사를 하고 있다며 바로 소개해 줬어요. 나는 어려운 법에 대해 잘 모르지만 이자를 너무 많이 받는다고 했던 거 같아요. 좌우간 그 여자변호사 덕분에 빚의 액수가 확 줄었어요. 그래도 그 중에는 당장 갚아야 할 빚이 있었는데 나한테 그럴 돈도 없고 고민하고 있었는데, 다키 씨가 빌려준다고 하더군요."

"혹시 얼마나 됐나요?"

"3천만 원요. 차를 팔아도 얼마 안 되고, 딸의 브랜드 가방도 전부 팔았지만 큰돈이 되지 않았죠. 친척도 빌려주지 않는데 설마 새빨간 남인 다키 씨가 빌려주겠다니."

단노의 목이 메었다.

"친척은 '힘내'라거나 '긍정적으로 생각해'라거나 '열심히 노력해'라고 말했지만 그런 격려는 우리 가족에게 아무런 도움이 되지 않았어요. 고맙게 생각해야겠지만 속마음을 말하자면 화가 날 뿐이었죠. 절박한 심정에 가족이 함께 죽을 생각도 한 시기였으니."

단노는 눈에 눈물을 글썽이면서도 일하는 손을 멈추지 않았다.

"얼마나 고마운지 그날 밤 가족 모두가 울었어요. 그 후로 다키 씨 있는 쪽으로는 발도 안 뻗고 잤어요. 다키 씨에게 빌린 돈을 전부 갚은 게 지금부터 삼 년 전이에요. 시간이 오래 걸려 면목이 없었어요. 조금씩밖에 갚지 못했지만 재촉한 적이 한 번도 없었어요. 그런데 그렇게 빨리 돌아가시다니……. 그래서 하다못해 며느리에게 은혜를 갚고 싶어요."

"그러셨군요. 저는 그런 일이 있었는지 전혀 알지 못했어요."

시어머니는 빌려준 돈을 받지 못할 각오를 한 뒤에 빌려주었을 것이다. 그래서 재촉하지 않았다. 시어머니는 아오모리 출신이지만 도쿄토박이 같은 활달한 기풍이 있었다. 토끼를 기르는 비용이나 남을 위해 많은 돈을 썼을 것이다. 그래서 유품정리 회사에 지불할 예금조차 남아 있지 않은 것이다.

"너희 가족은 걱정하지 않는다."

시어머니는 만날 때마다 그렇게 말했다. 언젠가 무슨 뜻인지 물어본 적이 있다.

"착실하게 사는 것 같고, 손자 둘도 똑바로 대학을 나와 취직도 했다. 그러니 걱정할 게 없다는 게다. 세상에는 아무리 나이가 들어도 걱정스런 자식과 손자를 가진 사람이 많이 있단다. 그리고 보면 나는 행복한 사람이다."

즉 아들 부부에게 재산을 남길 필요가 없다고 생각한 것이다. 그래서 당신이 하고 싶은 대로 썼다.

저기, 어머니. 저는 뉴욕에 아파트를 빌려서 한 달 만이라도 좋으니 살고 싶어요. 그 정도 비용은 남겨 주셨더라면 좋았을 텐데요.

"다키 씨는 실없이 욕하는 걸 좋아했지만 심각한 일은 절대 입 밖에 내지 않는 사람이었어요. 그래서 아주 고마웠죠. 빚을 졌다는 소문이 나면 이 단지에 살기 불편해지니."

"그랬군요. 의외의 일들뿐이네요."

"자, 어서 계단 아래로 옮기죠. 자치회 할아버지들이 기다리니."

둘이서 차례로 필요 없는 물건들을 계단 아래로 옮겼다.

단노의 변함없이 기민한 몸놀림에 감탄했다.

이로써 무거운 물건을 먼 쓰레기장까지 옮기지 않아도 된다. 거기에 자선바자회에 도움이 되니 그보다 기쁜 일은 없다. 남편에게 버렸다고 말하지 않아도 된다.

묶은 신문과 종이상자를 옮길 때와 똑같이 도자기류 등도 단노가 모토코의 두 배 가까이 더 옮겼다. 어떻게 저렇게 무거운 물건을 안고 계단을 달려서 내려갈 수 있을까. 내가 근력이 없는 게 부끄럽다.

전부 다 옮기자 허벅지가 부르르 떨렸다. 그런데 단노는 아무렇지 않은 얼굴을 하고 있다.

"달리 곤란한 일은 없어요?"

"실은 소화기가 두 개나 있어요."

말해도 어쩔 방도가 없는 일이었다. 하지만 그것을 어떻게 처리할지 생각만 해도 마음이 무거워져서 누군가에게 불평을 하고 싶었다.

"어디 봐요."

봐서 어쩌려고.

"이 소화기 날 줘요."

"네? 하지만 사용기한이 지났는데요."

"괜찮아요. 소방 훈련에 사용하면 되요. 이 단지는 주민 모두가 나이가 들어서 가끔 화재 소동이 생겨요."

"정말 괜찮으세요?"

나도 모르게 큰 소리로 물었다.

"고맙습니다. 정말 다행이에요."

아, 이로써 제조회사까지 들고 가지 않아도 된다. 택시를 부르지 않아도 된다.

"여기 있는 나무판자는 어떻게 할 생각?"

"여기저기 선반을 만들었는데, 원상복구하지 않으면 안 돼서 떼어 냈더니 여섯 개 정도 되고, 또 옷장 안에도 열 개 넘게 있어요."

너무 커서 쓰레기봉투에는 들어가지 않아서 대형폐기물로 간주되는데, 한 장에 이천 원이나 든다. 돈보다 나무판자 한 장을 대형폐기물 하나로 간주하니 퇴거일이 또 늘어나 버린다. 톱으로 잘게 자르는 방법도 생각했지만 천연목이 아닌 집성목이기 때문에 단단해서 톱날이 잘 안 들어가 자르기도 고역이었다.

"자치회에서 쓰도록 할게요. 내년 정월대보름 행사에 태울 나무판자를 모으고 있는 참이니. 올해는 나무판자가 부족해서 돈까지 들여서 샀거든요. 그래서 일찍부터 내년 것을 모으고 있어요."

"다행이에요. 정말 너무 고맙습니다."

"괜찮아요. 모두들 다키 씨에게 신세를 졌으니."

그렇게 말하며 웃는 눈이 부드러웠다.

시어머니 덕분에 나까지 사람들에게 호감을 받고 있다. 시어머니와 마찬가지로 며느리까지 착한 사람이라고 생각하고 있다.

흐뭇한 기분이 들었다.

푹신푹신하고 따뜻한 담요를 감싸안고 있는 듯한 기분이었다.

13

동생에게서 고향집이 팔렸다는 연락이 왔다.

"다음 달 초순에 매매계약을 하기로 했어. 저쪽은 집을
허물고 창고를 짓는다고 하니 마지막으로 볼 겸 한 번 오
는 게 어떨까 해서."

드디어 내가 태어나고 자란 고향집이 없어져 버린다.

그렇게 생각하자 허전한 마음을 감출 수 없었다. 지금까
지 고향을 자주 찾지 못했지만 내 뿌리와 같은 존재를 잃
어버리는 기분이 들었다. 부모님과 동생과 보낸 어린 시절
추억의 집이 홀연히 사라져 버린다.

동생에게 연락이 오고 며칠 동안은 이상하게 단것만 많

이 먹었다. 나도 모르게 정서불안에 걸린 걸까.

"누나가 오기까지 가구는 처분하지 않고 그대로 둘게. 원하는 물건이 있으면 말해. 일전에도 말했지만 우리 부부는 몇 년간 근처의 임대맨션에 살 텐데, 정년퇴직 하면 가호가 있는 도쿄로 옮길 생각이야. 그래서 아쉽지만 우리는 큰 가구는 가져갈 수 없어."

고향집에는 가구가 많다.

동생부부는 부모님과 같이 살았는데 가구나 식기를 사지 않았다. 그래서 지금도 고향집에 가면 철이 든 무렵부터 정든 물건들이 나를 반긴다. 현관에 들어서면 바로 커다란 신발장이 있다. 그 위에 장식한 박제한 꿩도 어릴 때부터 있었다. 거실에 있는 가구는 물론이고 부엌에 있는 중후한 식기장, 세면실에 있는 등나무로 만든 바구니에 이르기까지 멀리 떨어져 있어도 금방 떠올릴 수 있다.

그것들이 전부 사라진다.

안타깝지만 가져올 수 없다. 맨션에는 둘 공간도 없고 옮기는 데도 돈이 든다. 그래서 사진으로 남기기로 했다.

직장에 휴가를 내고 고향에 가기로 했다.

고향집에는 점심이 지나서 도착했는데 그날은 평일이

었다. 회사를 다니는 동생은 집에 없었다.

"추운데 오시느라 고생하셨어요."

미키가 맞아 주었다.

난방을 튼 거실로 가서 아버지가 즐겨 앉던 흔들의자에 앉았다.

모토코의 취향을 기억하는 미키가 우유를 듬뿍 넣은 진한 홍차를 만들어 내왔다.

"이 흔들의자는 이사할 집에 가져갈 거지?"

"남편은 필요 없다고 하던데요."

"그래?"

"이사할 집은 좁아서."

"이 의자, 어떻게 할 거야?"

"처분할 생각인데요."

"처분이라니, 버린다는 말?"

그렇게 묻자 미키는 아무 말도 하지 않았다.

"이건 아버지가 좋아하던 의잔데. 크고 굵은 등나무로 만들어서 품질도 좋아. 아주 비싸다는 말을 들었어."

"네, 그건 남편한테도 들었어요."

"원하는 사람한테 주면 어떨까?"

그렇게 말하자 미키는 엷게 웃었다.

그때 시어머니 방에 있던 인형 장식장이 머리에 떠올랐다. 내 입장에서는 빨리 버리고 싶은 애물단지지만 남편에게는 소중한 추억이 담긴 물건이었다. 좀처럼 버리려 하지 않는 남편에게 화를 내게 한 물건이다. 어쩌면 지금의 나는 그때의 남편과 똑같지 않을까.

미키는 막무가내를 부리는 나를 보고 넌더리가 날지도 모른다.

"미안, 원하는 사람을 찾는 일 자체가 힘들고 성가신 일이지."

"그렇지 않아요. 형님이 필요 없으시면 다른 사람들에게 물어보려고 생각했어요."

"원하는 사람이 있을 거 같아?"

"아마도…… 힘들 듯 싶어요."

"그래, 안됐지만 어쩔 수 없지. 좋은 의자인데."

"그런데 여기저기 거스러미도 일어나고, 움직일 때마다 삐걱 소리가 나잖아요. 아버님 시대부터 계속해서 사용하셨으니 이젠 충분히 제 역할을 다했다고 생각하는 편이 마음이 편하지 않을까요?"

"맞는 말이야. 일일이 죄책감에 얽매이다 보면 영원히 처분하지 못할 테니."

"이 집에는 그 외에도 좋은 가구가 많이 있잖아요"라며 미키는 이쪽을 올려다보았다. "그런데 저희는 작은 맨션을 빌릴 예정이어서 대부분 가져갈 수 없을 것 같아요."

미키는 모토코가 버려도 된다고 말하길 기다리고 있는 걸까.

"알았어. 우리 집에 둘 수 있는 작은 물건 한두 개 골라 줘. 뒷정리는 자기한테 맡길게."

"그렇게 말씀해 주셔서 고맙습니다."

"부모님이 남긴 물건을 정리하느라 고생이 많아."

지금까지 어느 집이나 대체로 대를 잇는 사람이 있었다. 대대로 그 집에 살며 집을 처분하는 일은 드물었다. 집을 재건축한다고 해도 같은 장소였고, 가구 등도 사용할 수 있는 건 그대로 사용했다.

"형님도 시댁 정리하는데 애를 먹으세요?"

"그야 큰일이지. 겨우 3DK라고 우습게 봤어. 게다가 남편이 이런저런 간섭을 하지. 그래서 이 집은 미키가 원하는 대로 처분하면 돼. 나중에 뭐라고 하지 않을 테니 괜찮

아. 이것저것 간섭을 하기 시작하면 나도 내 남편과 똑같은 사람이 될 테니"라며 익살맞게 웃었다.

"맡겨 주셔서 정말 고맙습니다"라며 미키도 웃었다. 어깨의 짐을 내려놓은 것 같은 표정이다.

"그런데 우리 어머니는 미키에게 어떤 시어머니였어?"

그렇게 묻는 순간, 한순간이었지만 미키의 얼굴이 굳어졌다. 이내 웃음을 되찾았지만 이미 늦었다. 미키의 진심을 보고 말았다. 시어머니와 달리 자기 자신에게 엄격한 사람이었기 때문에 돌아가실 때도 유품을 완벽하게 정리하고 주변에 폐를 끼치지 않고 가셨다. 그래서 미키도 고마워하는 마음이 크리라 생각했는데.

"어떻게 말하면 좋을까요. 어머님은 자기 자신에게 엄격한 분이셨어요."

"그건 맞아. 늘 단정하셨지."

"네, 정말요"라고 미키는 부드럽게 웃었다.

"딸인 내가 말하는 것도 뭐하지만 정말 대단한 여성이라고 생각해."

그렇게 말하자 미키의 얼굴에서 웃음기가 사라졌다. 그리곤 당황한 듯 다시 입가에 부자연스럽게 미소를 머금었다.

"하지만……."

"하지만, 뭐? 신경 쓰지 말고 얘기해 봐."

"네. 어머님은 당신 자신뿐 아니라 타인에게도 대단히 엄격하셨어요."

거기서 말을 멈췄다. 사실은 며느리에게 특히 엄격했다고 말하고 싶었던 걸까. 어머니는 아무 이유 없이 며느리를 괴롭히는 저급한 여자는 아닐 텐데.

"미키에게도 엄격했어?"

"네, 뭐"라고 웃음으로 답했지만 두 볼이 미묘하게 떨린다.

"예를 들어 어떤 일로?"

"그게, 여러 가지요"라며 미키는 짧게 말했다.

그 표정에서 사실은 말하고 싶은 게 많은 것처럼 보였다.

확실히 어머니는 다른 사람에게도 엄격했다. 한 지붕 아래에서 생활하는 며느리인 미키에게는 괴롭게 느껴졌을지 모른다. 언제나 논리정연하게 비판정신을 발휘하는 매일의 연속이지 않았을까.

"어머님은 항상 미간에 주름이 잡혀 있으셨어요."

"그건, 힘들었겠네."

"아니요, 그렇지 않아요. 잘 대해 주셨어요."

저런 태도를 보면 좋은 환경에서 자랐구나, 감탄한다. 시어머니의 험담을 딸 앞에서 하지 않는다. 항상 예의바르고 사리를 분별할 줄 안다. 미키는 깨닫지 못하겠지만 사실 그런 점에 있어 어머니와 미키는 닮았다. 품위 없이 웃는 일도 없고 큰 소리로 수다에 정신을 놓는 일도 없으며 늘 냉정하고 자기 자신을 잃지 않는다. 감정을 숨기지 못하는 시어머니와는 대조적이다.

"그러고 보니 어머니는 돌아가시기 전에 재산을 나누셨지. 기모노나 펜던트 같은."

그렇게 말하자 미키는 웬일인지 재빨리 눈길을 피했다.

"나는 손가락이 굵어서 반지는 안 받았는데 미키는 사이즈가 딱 맞았지?"

"네? 아, 네에"라며 미키는 말끝을 흐렸다.

"자기 취향에는 안 맞았나? 하지만 가호는 어울리지도."

"형님, 죄송해요."

미키는 맞은편 소파에 앉은 채 갑자기 머리를 숙였다.

"왜 그래?"

"어머님의 기모노와 펜던트, 반지 모두 돈으로 바꿨어요."

"뭐? 돈이 궁했어?"

놀라서 미키를 정면으로 바라보았다.

"아니요. 그렇지 않아요. 뭐라고 할까……."

"취향에 안 맞아서?"

"네에, 뭐 그렇기도."

"가호도 필요 없다고 했어?"

"아니요. 가호한텐 물어보지 않았어요."

정말 솔직한 사람이다. 말끄러미 미키를 바라보았다.

적당히 둘러대면 될 텐데. 가호도 필요 없다고 했습니다, 라고.

지금까지 미키가 어머니를 거북해 하고 있었다는 상상도 하지 못했기 때문에 적잖이 충격을 받았다.

나는 도쿄 생활에 쫓겨 고향에 오는 횟수도 많지 않았고, 어머니가 돌아가신 후에는 더욱 발길이 멀어졌다. 세 세대가 같이 살아도 나름대로 잘 생활하리라고 제멋대로 믿고 있었다. 같이 사는 데 불편한 점은 있겠지만 늠름한 어머니라면 시어머니와는 달리 며느리의 사생활에 간섭하는 일도 없을 테고, '친한 사이에도 예의가 있다'라는 생각을 실천하셨을 텐데.

하지만 어머니는 말수가 적은 만큼 무슨 생각을 하는지

모를 때가 있어서 미키는 평소에 어머니의 엄격한 시선을 온몸으로 느꼈던 듯하다. 그렇게 생각하니 시어머니처럼 생각한 바를 바로 말하는 사람이 마음은 편한 듯했다.

지금 와서 이런저런 상상한들 아무 소용없는 일이다. 어찌됐든 미키는 유품을 착용하는데 거부감이 들었던 것이다. 괴롭고 화나는 기억들이 되살아났겠지. 그렇다면 처분하는 편이 좋다. 돈으로 바꾸어서 깔끔해진다면 그걸로 됐다.

"정말 면목이 없어요."

"아니야, 괜찮아. 그건 자기 자유야. 과연 미키답네. 현명해."

두 볼이 떨리는 걸 보이지 않기 위해 창밖을 보는 척했다.

미키를 책망할 수 없다. 나도 시어머니가 남긴 물건을 모조리 단노에게 부탁해서 자선바자회에 내놓으려 하고 있다. 만일 고가의 귀금속이 있다면 나도 미키가 한 것처럼 돈으로 바꾸었을지 모른다.

물건이 단순히 물건이 아니라고 여겨질 때가 있다. 영혼이 깃든 것처럼 느껴질 때가 있다. 그 영혼이 나에게 좋은 감정을 가진 사람의 것이라면 괜찮지만, 그렇지 않으면 보고 싶지 않은 게 당연하다.

14

　도쿄로 돌아온 다음날, 피곤이 가실 틈도 없이 시어머니 집을 정리하러 갔다.

　그날은 벽장 안에서 몇 권의 공책을 발견했다.

　표지에 6월이라고 적힌 공책을 펼쳤다.

6월 1일

　오늘은 무더운 날이었다. 올해 처음으로 에어컨을 켰다.

　마트에서 시금치와 말린 가자미를 샀다. 바닐라 아이스크림도.

　돌아오는 길에 가자마 씨를 만나 이야기를 함. 순식간에

한 시간이나. 헤어질 때 가자마 씨의 등이 땀으로 젖은 게
보였다. 이럴 바에는 집에 초대해서 시원한 곳에서 차라도
마시는 편이 나았다.

간단한 평소의 메모 같다.
팔락팔락 페이지를 넘겼다.

6월 10일
이런 더운 날에 장례식. 7동의 요시미 씨의 부군, 89살이
라고 함.
자치회 임원이 부의금 5천 원씩 모금하러 왔다.
이 상복은 정말로 여름용일까. 더워서 견딜 수 없다. 검
은 스타킹을 무리해서 신었더니 사우나처럼 땀이 샘솟는다.
요시미 씨가 진정되면 점심을 함께하자고 해야지. 아니
면 우리 집에서 소면이든 뭐든 대접할까. 에어컨을 빵빵하
게 틀고. 살이 찌면 더 덥다더니 정말이다. 마른 나카자와
씨는 늘 시원한 얼굴을 하고 있던데. 아, 부러워.

시어머니가 무언가를 쓰는 걸 좋아하는지 몰랐다. 사소

한 내용이고 생각한 것을 술술 쓴 데 불과하지만 거의 매일 거르지 않고 쓴 것 같다.

6월 11일

정말로 화가 난다. 3동의 야에코인가 뭔가. 다시는 말도 섞지 않아야지.

친절하게 말했는데 '됐습니다'라니. 사람을 바보 취급하는 것도 유분수지.

오지랖 넓은 할멈이 참견해서 미안하게 됐네. 아, 정말이지 너무 화가 난다.

6월 15일

야에코 씨한테 전화 옴.

단지 건너편 카페에서 차 마시자고.

의외로 좋은 사람일지도. 직접 만든 휴대용 티슈 지갑을 줬다. 예쁜 꽃무늬라 마음에 들었다.

비지를 많이 끓여서 집까지 가져다주었다.

6월 16일

오늘은 옆집 사나에를 집으로 불러 간단한 점심을 만들어 함께 먹었다.

커피와 토스트와 삶은 달걀과 샐러드뿐.

그래도 둘이 먹으니 맛있다.

사나에는 순진하고 내 얘기를 항상 재미있게 들어주어서 아주 좋다.

사소한 얘기에도 엄청나게 놀라니 얘기할 맛이 난다. 며느리 모토코와는 너무 다르다.

사나에는 유방암 수술을 한 지 일 년이 지났다. 지금도 몸이 안 좋은 날이 많은 것 같다. 얼굴이 창백할 때가 있어서 걱정이다.

외동딸이 교토로 기모노 재봉 일을 배우러 가고 나서는 허전해 할 때가 있다. 조금 더 자주 초대하는 편이 좋을까.

6월 17일

인도사람이 있다. 깜짝 놀랐다.

사나에가 카레를 대접한다고 해서 갔었다.

인도사람과는 어디서 알게 된 걸까. 어떤 관계일까. 아내와 자식은 있을까.

다음에 사나에를 점심에 초대했을 때 자세히 물어봐야지.

그런데 맛있는 카레였다. 어떻게 그렇게 진한 버터라이스를 만들 수 있을까. 우리한테 맞게 맵기를 조절했다지만 그래도 역시 매웠다.

그래도 깊은 맛이 나고 또 먹고 싶어지는 맛이었다.

갑자기 외국인이 '어서 오세요'라고 말해서 놀랐는데 온화하고 착해 보이는 남자였다. 몇 살인지 감은 안 오지만 흰머리가 있으니 꽤 나이를 먹지 않았을까. 사나에가 잔뜩 애교를 부리는 모습을 처음 봤다. 고등학교를 졸업한 아이가 있는데 사나에는 아직 삼십 대다. 착한 남자를 만나면 재혼을 해도 괜찮아.

6월 18일

이 은혜도 모르는 인간!

5동의 다니구치 씨와는 절교다.

이젠 절대 말도 하지 않을 테다.

그걸 말이라고 하다니. 손자가 불량학생이 됐다고 해서 고민상담을 해 주었더니 헤어질 때 하는 말이, 다키 씨에게 괜히 말했다, 라니.

내가 단숨에 해결할 방법을 알 턱이 없잖아. 그래도 들어 주면 마음이 조금 풀릴 걸로 생각했는데. 게다가 내가 말해 달라고 하지도 않았어. 자기가 들어 달라고 한 주제에.

다니구치 씨를 집에 초대해 음식을 대접하는 일은 앞으론 일절 없어.

6월 19일

어떻게 하지. 토끼가 점점 살이 찐다.

오늘도 산책하러 데리고 나갔는데 풀만 먹고 움직이려 하지 않는다.

화가 나서 그만 큰소리로 혼을 냈다.

너, 탈토지세라는 말을 모르진 않지?

이 멋들어진 야유가 통하지 않았는지 토끼는 나를 완전히 무시했다. 전혀 귀엽지 않다.

세 시쯤 평소처럼 히나코가 베란다 구멍을 통해 찾아왔다. 요즘 간신히 웃는 얼굴을 볼 수 있게 됐다. 어머니가 늘 짜증을 내는 건 일이 힘들어서 그런다고 하자 "응, 알아요"라며 고개를 끄덕인다. 귀여운 녀석. 오늘도 한자 연습 숙제를 봐줬다. 덧셈은 시간이 더 걸리겠지만 틀리는 게 적

어져서 조금 안심. 그래도 아직 소홀히 할 수 없다. 간식으
로 쿠키를 구워 주었다.

6월 20일

절교한 다니구치 씨가 아무 일도 없었다는 얼굴로 놀러
왔다. 한심하긴.

밤을 잔뜩 가지고 왔다.

아는 사람한테 받았으니 나누자고 한다.

그렇게 나오니 어쩔 수 없다.

'다키 씨가 차도 주지 않고 현관 앞에서 내쫓았다'라는
소문이라도 나면 싫다.

솔직히 말하면 다니구치 씨에 대한 화는 벌써 가라앉았다.

그 후로 생각해 보니 다니구치 씨의 심정도 알 것 같았
다. 누구나 가족의 치부를 드러내는 데에는 용기가 필요하
고, 용기를 내서 말했는데 아무런 해결방법도 얻지 못하
면……. 할머니가 돼서 가족의 일을 새빨간 남에게 떠벌린
일을 후회했겠지. 멀리 사는 손자라면 몰라도 도로 건너편
단지에 살고 있으니.

그래도 모두들 말은 하지 않아도 저마다 고민을 안고 있

기 마련이다. 일가친척 모두 정히 바르고 안정된 삶을 사는 경우는 드문 일이지 않을까.

그렇게 보면 나는 축복받았어. 아들부부는 물론 손자들도 독립해서 각자 나름대로 즐겁게 살고 있는 것 같으니.

모토코는 휴우, 한숨을 내쉬었다.

내 어머니도 종종 다른 사람을 나쁘게 말하곤 했다. 하지만 시어머니와는 달리 논리정연하게 비판했다. 시어머니와는 달리 거리를 두고 그 사람을 바라본 후의 비판이었다. 시어머니처럼 직접 고민상담을 하거나 도와준 것은 아니다.

사나에가 유방암 수술을 한 일은 몰랐다. 그것도 아직도 몸 상태가 좋지 않다니. 말을 했으면 좋았을 텐데. 사나에의 호의에 안주해서 계속 토끼를 맡긴 일이 부끄럽다.

하지만 본래는 히나코가 같은 반 친구에게 받은 토끼였다. 히나코의 어머니에게 사정을 말하고 데려가게 할 수 없을까. 만난 적은 없지만 지금까지 들은 바로는 시간과 경제적으로 여유가 없는 생활을 하고 있어 늘 짜증을 내는 듯하다.

"버리고 와."

그렇게 히나코를 혼낼지도 모른다.

그럼 어떻게 하면 좋을까. 역시 내가 기르는 수밖에 없나.

사나에의 몸 상태를 생각하면 오늘내일이라도 데려올
수밖에 없다.

오늘밤이라도 남편과 의논해 볼까. 미리 메일로 말해 두
자. 지금은 근무 중이지만 사전에 생각할 시간이 있으면
오늘밤 의논할 때도 원만하게 풀릴 것이다. 갑자기 얼굴을
맞대고 말하면 천천히 생각할 여유도 없고 거친 말이 나올
가능성도 있다.

휴대폰을 꺼내서 남편에게 메일을 썼다.

그리고 다시 시어머니가 쓴 공책을 넘겼다.

6월 21일

오늘도 히나코가 왔다.

그렇게 토끼를 좋아했는데 요즘은 쳐다보지도 않는다.

왜 그러냐고 묻자 히나코는 이렇게 말했다.

"새끼일 때는 너무 귀여웠는데 지금은 저렇게 더러운
걸요. 또 나는 너무 무거워 안을 수도 없어요."

어이가 없어서 아무 말도 나오지 않았다.

"할머니, 화났어요?"라고 주뼛주뼛 물었다.

사실은 화를 내고 싶었지만 그만두었다. "어쩜 좋니"라고만 말했다.

히나코에겐 엄하게 대하고 싶지 않다. 어머니가 항상 짜증을 내는데 나까지 엄하게 대하면 불쌍하다.

아이는 금방 싫증을 내기 마련이다. 저렇게 작은 아이가 토끼를 기르는 건 무리다.

앞으로 토끼는 내가 돌볼 수밖에 없을 것 같다.

히나코까지 토끼에 싫증이 났는지 몰랐다. 내가 우리 집으로 데려가면 히나코가 섭섭해 하지 않을까 걱정했다. 내가 어지간히 순진한가 보다.

그렇다고 해도 시어머니, 시어머니도 너무 안일해요. 살아 있는 동물을 키우는 데에는 책임이 뒤따른다고요.

그러나 이젠, 어쩔 수 없다.

남편에게 메일을 보냈다. 이젠 생각할 여지가 없다. 아무리 생각해도 히나코의 집에 데려갈 수는 없다.

그때 메일 착신음이 울렸다. 남편이었다.

'토끼는 우리가 길러. 뚱뚱해도 괜찮아. 어머니가 돌보셨으니 내가 돌볼게. 인터넷에서 검색하니 애완동물을 옮기는 이삿짐센터도 있어. 비용은 꽤 싸니 바로 연락할게. 옆집 여자한테도 미안하니.'

남편은 일하는 중일 텐데. 시계를 보니 열두 시 삼십 분이 지났다. 점심시간인 것 같다.

남편이 돌본다니 그렇게 하자. 나중에 귀찮아져서 나한테 떠넘기지 않도록 오늘밤에 확실히 다짐을 받아야겠다.

아, 토끼가 우리 집으로 온다.

살아 있는 동물을 기르는 건 어릴 때 이후 처음이다. 어떻게 될까.

그런 생각을 하고 있는데 현관 벨이 울렸다. 사나에였다.

"점심은 어떻게 하셨어요? 괜찮으면 간단하게 만들어드릴까요?"라고 물었다.

"고마워요. 하지만 역 앞에서 샌드위치와 샐러드를 사왔어요."

"그랬군요"라고 조금 섭섭한 표정을 짓는다.

"사나에 씨, 괜찮으면 잠깐 들어와요. 차를 내올 테니."

그렇게 말하자 사나에의 얼굴이 활짝 펴졌다.

"아직 필요 없는 물건이 있어요. 한 번 보기라도 해요."

"고맙습니다."

사나에가 신발을 벗으려 했다. 본 적 있는 운동화다. 시어머니 신발을 신고 있었다.

"딱 맞아요. 발도 편하고요."

내 시선을 느끼고 신경을 써서 말해 준 게 기쁘다.

거실로 안내해서 "편한 데 앉아요"라고 말하자 사나에는 눈을 끔뻑이며 방을 둘러보았다. 물건이 어질러져 있어서 앉을 자리가 없었다.

사나에는 웃으면서 그것들을 구석으로 치우며 앉을 공간을 만들었다. 모토코는 홍차가 든 머그컵을 올린 트레이를 남편이 짐을 싼 종이상자 위에 놓았다.

"여기 초콜릿도 같이 먹어요."

"네, 잘 먹겠습니다. 실은 말씀드릴 게 있어요."

사나에는 온순한 얼굴로 말을 이었다. "할머님은 제 생명의 은인이에요."

"생명의 은인?"

"과장이 아니에요. 정말로 은인이세요. 사실은……."

사나에의 이야기에 의하면 남편의 가정폭력에 있는 돈

없는 돈 전부 내주는 걸로 간신히 이혼을 하고, 시의 기초 생활수급 지원을 받아 이곳으로 이사 왔다. 하지만 한숨 돌린 것도 잠깐, 비 오는 밤에 홀연 전 남편이 비를 쫄딱 맞은 모습으로 찾아왔다고 한다. 조금이라도 빨리 돌아가길 바라는 마음에 지원금 중에서 십만 원을 건넨 게 실수였다. 거기에 맛을 들인 전 남편은 그 후 종종 찾아왔다. 돈을 주지 않으면 근처에 다 들릴 만큼 큰 소리로 고함을 치고 현관문을 쿵쾅거렸다.

현관 앞에서 난동을 부리다 "두고 보자"라는 말을 내뱉고 돌아간 다음날, 시어머니가 찾아왔다고 한다. 당연히 항의를 하러 왔다고 생각했다. 이사 와서 인사를 할 때도 시어머니는 사나에를 거리낌 없이 위아래 훑어보고 웃음기 하나 보이지 않아서 싫어한다고 생각했다. 어쩌면 기초생활수급을 받고 있는 싱글맘 가정이라는 정보가 사전에 알려진 건 아닐까 의심이 들 정도였다.

"어젯밤, 난리친 남자는 누구? 전 남편이지? 역시 그랬군. 돈을 뜯어내러 왔어? 얼마 달라고 했어? 단호히 거절했어? 현관 앞에 있다 돌아갔지? 왜 안으로 들이지 않았어? 그렇군. 문을 안 열어 주었군. 현명했네. 딸이 무서워했겠네. 불쌍하게도. 이 단지는 복도 쪽에도 창이 있어서 불빛이 보이니 집에 사람이 있는지 없는지 알 수 있거든. 뭔가 좋은 방법이 없는지 생각해야겠네."

그렇게 말하고 딸도 함께 집으로 초대해서 뜨거운 코코아를 만들어 주었다고 한다. 돌아갈 때는 반찬과 귤도 건넸다.

"도망칠 길을 만들자."

며칠 뒤 시어머니가 그렇게 말했다. 무슨 말인가 했는데 베란다의 칸막이 판자 아래쪽 절반을 도려내자고 했다.

"괜찮아. 봐, 여기 틈이 갈라졌지? 나도 새것이면 망설였을 텐데, 너무 오래돼서 낡았으니 구멍 정도는 내도 괜찮아."

이해할 수 없는 논리였지만 시어머니의 표정이 진지했고 태도도 단호해서 저도 모르게 고개를 끄덕이고 말았다.

그 후로 전남편이 올 때마다 베란다 구멍을 통해 시어머니 방으로 도망쳤다. 무엇보다 다행이었던 것은 당시 중학생이던 딸인 미사키의 정서가 안정된 일이었다. 옆집에 손을 내밀어 준 할머니가 있다는 생각을 하면 그때까지 한순간도 벗어나지 못했던 두려움에서 벗어날 수 있었다.

그리고 시어머니는 미사키에게 공부를 가르쳐 주었다
고 한다.

"시어머니가 중학생에게 공부를 가르쳤다고요?"

"제 딸은 초등학교 3학년 때부터 열등생이었어요. 미사
키가 나처럼 되길 바라지 않았는데 똑같이 나처럼 자라
서……. 할머님은 한자와 산수 기초를 가르쳐 주셨어요. 미
사키는 심약하고 자신감이 없는 아이였는데 할머님 덕분
에 조금씩 밝아졌어요."

그렇게 말하고 사나에는 눈물을 글썽였다.

"지금은 괜찮아요? 이젠 안 찾아와요?"

"오지 않아요. 들리는 걸로는 새 여자를 만난 것 같아요."

"그거 잘되었네요."

초콜릿을 입에 던져 넣고 뜨거운 홍차를 마시자 안도감
과 함께 달콤함이 입 안 가득 퍼졌다.

"토끼는 미안해요. 폐를 계속 끼쳐서."

하고 싶은 말이 많았다.

유방암 수술을 한 걸 몰랐어요. 얼핏 보기에 몸이 안 좋
은 것처럼 보이지 않아서 기초생활수급을 받는 교활한 사
람이라고 내 멋대로 생각했어요. 사람들마다 각자 사정이

있는데 생각이 짧았던 내 자신이 부끄러워요. 아마 남에게 엄격한 데는 어머니를 닮았는지 몰라요.

"저는 괜찮아요. 토끼를 돌보는 건 그다지 힘들지 않으니까요."

"내 남편이 애완동물을 옮기는 회사를 찾았어요. 늦어도 주말에는 데려갈게요."

"그러세요? 알겠습니다."

역시 토끼가 부담스러웠던 것이다.

밝은 표정에서 토끼를 돌보는 일에서 해방된 기쁨이 엿보였다.

"할머님이 그리워요. 더 오래 사시길 바랐는데. 할머님은 늘 급하고 바쁜 듯이……."

사나에는 무슨 생각이 떠올랐는지 후홋 웃었다. "참견을 잘하고, 화를 잘 내고, 눈물도 많고, 정말 알기 쉬운 분이셨어요."

"시어머니는 분위기를 잘 파악하지 못했죠"라고 모토코가 말했다.

바로 맞아요, 라며 웃을 줄 알았는데 사나에는 순간 진지한 표정을 지었다.

"왜요?"

"음, 할머님께 자주 주의를 받았어요. 분위기를 파악하라고."

"그게 무슨 말이죠?"

"제 나쁜 점은 너무 다른 사람의 눈치를 본다고 하시며."

"맞는 말인 것 같아요."

남편의 폭력에서 좀처럼 벗어나지 못했던 과거나 후미라는 여자가 주위를 맴도는 것을 봐도 알 수 있다.

"남보다 자신의 기분을 소중히 하라고 입이 닳도록 말씀하셨어요."

"말하는 건 쉬워도 행동에 옮기는 건 어렵죠."

"할머님이 방법을 가르쳐 주셨어요. 먼저 상대방 모르게 몰래 심호흡을 하고 자기의 솔직한 마음은 무엇인지 자기 자신에게 물어봐요. 예를 들어 후미가 온 경우라면 후미가 돌아가길 바라는 나의 마음을 알 수 있어요."

"그렇지만 돌아가 달라고 말하기는 어렵죠?"

"맞아요. 그래서 그렇게 말할 때는 몸이 안 좋아서 눕고 싶다고 말하라고 할머님이 말하셨어요."

그렇게 말하고 사나에는 자조적인 웃음을 지었다. "이런 건 초등학생도 생각할 수 있는 거짓말이죠. 하지만 저는 그 말을 못 했어요. 상대의 기분만 우선해서. 정말 몸이 안 좋은 날도 적지 않았는데."

"주제넘은 말 같지만 후미 씨와는 더 이상 만나지 않는 게 좋지 않을까요?"

"후미는 사실 약한 사람이에요. 할머님의 가르침에 따라 제가 강하게 나가면 바로 약해지는 사람이에요. 요즘은 입장이 점점 역전되고 있어요."

"그러고 보니……." 그런 광경을 목격한 적이 있었다.

"후미도 외로운 사람이에요. 작년 말에 공공 직업소개소에서 알게 됐는데, 가난하고 혼자예요. 그래서 한동안 잘 지내보려고요. 걱정해 주셔서 고마워요."

"사나에 씨가 그렇게 생각한다니 다행이네요. 그리고 전부터 물어보고 싶은 게 있는데, 냉장고에 들어 있던 부패하기 시작한 야채나 베란다 화분을 정리해 준 게 사나에 씨죠?"

"맞아요. 죄송해요."

사나에는 잘못이 발각됐을 때의 아이처럼 흠칫거리는 눈으로 나를 보았다

"역시 그랬군요. 괜찮아요. 고마워요. 그런데 그렇게 큰 돌은 어떻게 옮겼어요?"

"그건 라지프가 옮겼어요. 아, 인도사람이요."

"그랬군요. 그 사람한테도 고맙다고 전해 줘요."

"멋대로 들어와서 죄송합니다. 할머님 생전에 정말 신세를 많이 져서 그 은혜를 갚고 싶었어요. 하지만 뭘 어떻게 해야 할지 몰라서. 어차피 돈도 없으니. 그런데 베란다 너머로 모토코 씨 혼잣말이 들렸어요. 할머님께 화가 폭발하셨지요."

"부끄럽네요. 그때는 정말 곤란했어요. 말라비틀어진 풀과 흙을 나 몰라라 하고……."

"어쩔 수 없는 일이에요. 누구라도 내일 죽을지 모른다고 생각하며 살지 않으니."

"맞아요. 참, 그런데 히나코는 시어머니가 돌아가셔서 외롭진 않을까요?"

"괜찮은 것 같아요. 새 친구가 생긴 것 같은데, 그 친구 어머니가 잘 해 주는 것 같으니."

"그럼 안심이네."

"할머님이 보고 싶어요"라고 사나에는 허공을 바라보며

불쑥 말했다.

그때 천정 구석에서 시어머니가 싱긋 웃는 것 같은 기분이 들었다.

시어머니를 떠올리면 쓴웃음과 화가 교차한다. 지난 일들을 떠올리면 어처구니가 없거나 화가 나기도 한다.

하지만 친어머니를 떠올릴 때의 그 허전함이란……

조금 더 자유롭게 마음껏 살기를 바랐다. 가끔은 폐를 끼치길 바랐다. 시어머니처럼 많은 일들이 떠오르지 않는다. 그뿐인가, 어떤 성격인지, 무슨 생각을 하며 살았는지 알지 못한다.

어머니, 당신은 너무 대단했습니다. 자제력이 너무 강하셨어요.

어머니의 진심은 무엇이었나요?

어머니는 행복하셨나요?

고양이라도 키웠더라면 좋았을 텐데요.

다츠히코와 미키도 있고, 뭐하면 제가 거두어도 되고요. 거기에 손자손녀나 그 자녀 세대까지 포함하면 고양이 한 마리 정도 거둘 수 있는 친척은 많잖아요.

그에 비해 시어머니는 어떻게 보면 제 마음을 지극히 편하게 해요. 후회하는 마음이 없는걸요. 시어머니의 독선적이고 우스꽝스러운 언행은 지금 생각해도 웃음이 나와요. 그래서 이렇게 저렇게 해 드렸으면 좋았을 텐데 하는 후회도 비교적 적은 것 같아요.

시어머니는 안하무인 같은 사람이었고 그래서 행복한 사람이었어요.

그리고…… 돌아가신 지금도 마음속에서 대화를 나눌 수 있어요. 그 대부분은 '시어머니, 적당히 좀 하세요'라고 화만 낼 뿐이지만요. 그만큼 가까운 사람이었어요.

아이를 키우느라 바쁠 때도 시어머니는 옛날 방식을 강요했어요. 내가 임신 중일 때도 뱃속에 아이가 있으니 두 배로 먹으라고, 지금은 상식적이지 않은 일들을 입이 닳도록 하곤 했어요. 그에 비해 어머니는 아무 말도 하지 않았지요. 젊은 사람은 젊은 사람에게 맞는 방식이 있다고 하셨죠? 그래서 어머니에게 짜증이 난 적은 거의 없었어요.

음, 역시, 아무래도 친어머니가 더 훌륭한 것 같아…….

사람은 각자 개성이 있는 것처럼, 사람은 각자 일장일단이 있는 것 같아요.

15

오늘은 바쁜 하루가 될 것이다.

드디어 마지막 정리 날이다.

오전에 전기가게에서 오기로 되어 있다. 에어컨을 떼어
내고 텔레비전, 세탁기, 냉장고도 수거해 갈 것이다. 오후
에는 이삿짐센터 사람이 와서 우리 집으로 옮길 물건을 하
루 동안 창고로 옮겨 보관한 후에 내일 아침 다시 우리 집
으로 옮길 예정이다.

토끼는 이미 애완동물 이사센터 직원이 집으로 옮겨서
거실에서 코를 벌름벌름 하고 있다. 남편은 사육 방법 책
을 몇 권이나 사더니 지금은 득의양양 돌보고 있다. 휴일

에는 맨션 정원을 산책시키겠다며 의기양양하다.

아직 남아 있던 쓰레기를 버리러 쓰레기장에 갔다. 지금
까지 몇 번이나 왕복했을까, 오늘이 마지막이라고 생각하
자 마음이 가벼웠다.

다른 잊어버린 건 없나? 가스와 전기와 수도는 이미 해
지 신청을 했다.

응, 없어.

모든 방을 돌아보고 차례로 커튼을 떼서 갰다. 커튼들
모두 비교적 새것이네, 라고 생각했더니 옷장 안쪽에서 낡
은 커튼이 잔뜩 나왔다.

그 커튼들은 지지난 주, 단노의 도움을 받아 재활용센터
에 보냈다. 레이스 커튼을 합쳐 열 개가 넘어서 상당히 무
거웠다.

지겨우시겠지만, 시어머니 새것을 사면 옛날 것은 버리
세요. 옛날 것을 소중히 보관해서 대체 어디에 쓰실 생각
이셨나요. 아니, 그전에 살 필요가 있었나요? 선풍기는 완
고하게 새것으로 바꾸지 않는데 왜 커튼은 빈번하게 사서
바꾸었나요? 기분전환 때문이었나요?

정말, 적당히 하세요.

떼어 낸 커튼은 단노가 전부 가져가기로 되어 있다. 집의 커튼이 낡아서 마침 사려고 생각하던 참이라고 했다.

천정 조명은 남편이 어젯밤 퇴근길에 들러 뗐다. 조명들도 자치회 임원 중에서 원하는 사람이 있어서 가지러 오기로 되어 있다.

분주한 하루가 눈 깜짝 할 사이에 지나갔다.

오늘은 모든 일이 예정대로 진행됐다.

시간에 맞추어 전기가게가 왔고, 점심 무렵 이삿짐센터에서도 왔다. 그 후 단노가 커튼, 자치회 남자가 조명을 가져가서 방안이 텅 비었다.

휑한 방의 구석구석까지 청소기를 돌렸다. 마지막까지 청소기는 버리지 않고 남겨 두었다. 오늘 돌아갈 때 대형 폐기물 스티커를 붙여서 쓰레기장에 둘 예정이다.

며칠 후 백화점에서 자치회 앞으로 과자 선물상자를 보내도록 준비도 했다. 사나에는 우표 앨범을 몇 권이나 가져갔다. 우표는 우체국택배 대금으로 사용할 수 있으니 교토의 딸에게 무언가를 보낼 때 도움이 될 것이다.

수많은 전화카드는 단노에게 맡겼다. 아동복지시설에 기부할 것이다.

거실 바닥에 다리를 쭉 펴고 앉았다. 양손은 등 뒤로 바
닥을 짚고 커튼이 없는 창 너머로 하늘을 바라보았다. 구
름 한 점 없는 파란하늘이 펼쳐져 눈이 부실 정도였다.

아, 드디어 끝났다.

눈을 감고 숨을 깊게 들이쉬자 상쾌한 기분이 들었다.

엄청난 양의 유품을 보고 영원히 정리하지 못할 것 같은
생각이 들 정도였는데 끝나고 보니 순식간이었다.

시어머니가 살아 있던 증거가 여기저기 있었다. 인간은
평소의 일상 속에 이렇게도 많은 물건에 둘러싸여 있다.

그에 비해……, 저기 어머니. 반지 하나만 달랑 남겨진
광경은 몇 번을 떠올려도 쓸쓸해요.

"좋아, 이걸로 끝!"

기세 좋게 벌떡 일어섰다.

청소기에 스티커를 붙이고 쓰레기장까지 들고 갔다. 그
리고 그 길로 마침내 관리사무소에 열쇠를 반납하러 갔다.

이미 내 손에 열쇠는 없다.

그 방에 다시 들어갈 일은 없다.

그렇게 생각하자 허전함이 밀려왔다.

16

후유미와 둘이서 가고 싶은 곳은 뉴욕인데 이번에는 관광버스를 탔다.

전면이 유리로 된 카페에서 바다를 바라보면서 커피를 마셨다.

머지않아 사월인데 요 며칠은 추웠다.

"멋진 곳이네."

"응, 오길 잘했어."

거대한 화물선과 하네다 공항에서 날아오르는 비행기가 보인다.

파란 바다와 구름 한 점 없는 푸른 하늘의 경계가 불분명하다. 온통 파란색 일색인 세계였다.

후유미가 크게 하품을 했다. 친어머니를 모신 지 아직 일주일밖에 지나지 않았는데 벌써 스트레스가 쌓인다고 한다. 오늘은 돌봄 서비스에 부탁한 듯하다.

"시어머니 집, 드디어 전부 처리했네."

"응, 길지만 짧았던 두 달 반이었어."

"고생했어. 대단해. 나 같으면 바로 비명을 지르며 업체를 불렀을 텐데."

처음에는 업체에 맡긴 후유미가 부러웠다. 하지만 지금은 그렇게 생각하지 않는다.

시어머니가 남긴 물건을 일일이 손으로 직접 확인한 일은 귀중한 경험이었다. 시어머니의 방에 있던 수많은 유품은 시어머니의 인생을 응축시켜 보여주었다.

"지금 생각하면 왜 좀더 어머니나 시어머니와 이야기를 하지 않았을까, 후회해."

"부모가 죽으면 모두 그렇게 생각하는 거 같아."

"자기도 그렇게 생각했어?"

"물론이지. 아버지의 젊을 때 일은 단편적으로밖에 모르는걸. 더 물었으면 좋았을걸. 후회하지 않게 어머니한테는 지금이라도 여러 가지를 물어야겠어."

"나도 그랬으면 좋았을걸. 정말 후회할 짓을 했어."

"그렇지만 어쩔 수 없는 것 같아. 부모가 죽은 뒤에야 그리워하는 마음이 깊어지니 말이야. 아버지가 살아 있을 때는 입만 열면 싸우곤 했어. 모토코도 늘 시어머니는 그저 성가신 존재라고 말하곤 했잖아."

"하긴 그랬었지."

서로 눈을 바라보며 후후 웃음이 터졌지만 마음 한편은 착잡했다.

"그런데 어떻게 두 달 반 만에 다 끝냈어?"

"실은 도와주는 사람이 많이 생겼어."

단노를 비롯해 자치회 사람들, 그리고 사나에 일들을 이야기했다.

"그거 잘됐네."

"슬슬 모일 시간이네."

버스로 돌아가 도쿄만 아쿠아라인을 지나 마더 목장으로 갔다. 양과 소를 구경한 뒤 만개한 유채꽃 속 벤치에 앉아 소프트크림을 먹었다.

"저번에도 말했지만 업체에 맡기니 뭔가 중요한 걸 잃

어버린 것 같아. 금전적인 뜻이 아니라 추억이 곳곳에 남아 있었을 텐데."

후유미는 그렇게 말하고 허전한 얼굴로 온통 노란색으로 물든 언덕을 바라보았다.

"일장일단이 있어. 모두들 바쁜데 그렇게 유품이 많으면 곤란하잖아. 나는 어쩌다 자치회 사람들에게 도움을 받았지만 보통은 그렇지 않잖아. 그 도움이 없었다면 나도 업체에 맡겼을지 몰라."

"그렇게 말하니 고마워. 그런데 남편은 잘 도와줬어?"

"토요일은 꼭 데려갔어. 그랬더니 남편도 좋은 영향을 받았나 봐."

"어떤?"

"남편이 자기 방 정리를 시작했어."

"그건 시어머니 집에서 추억이 담긴 물건을 많이 옮겨서 그런 거 아니야?"

"금방 후회한 것 같아. 조금씩 버리더니 결국엔 거의 남지 않았어."

"정말? 하나도 버릴 수 없다고 하더니?"

"유품정리를 계기로, 자기 물건도 버리기 시작하더니 방이 깔끔해졌어."

"그거 다행이네. 큰 수확이네."

"후유미 고향집은 어떻게 됐어? 팔렸어?"

"현재로썬 아직 오퍼가 없어."

"바로 팔리는 것보다 좋을지 몰라. 우리는 벌써 다른 사람 손에 넘어가서 철거됐는데, 섭섭했어."

"우리 집도 팔리면 분명 철거될 거야. 너무 낡아서"라고 후유미도 아쉬운 듯 말한다.

"만약 그대로 산다고 해도 다른 사람에게 넘어가면 다시는 안에 들어갈 수 없잖아."

"맞아"라고 후유미는 쓸쓸하게 대답했다. "팔리지 않으면 난처하지만 마음의 정리를 위한 유예기간이 주어진 거라 생각하면 고마워. 고향집을 보러 한 번 갈까 봐."

"아, 버스로 돌아갈 시간이다"라며 시계를 보았다.

패키지투어는 개인시간이 너무 제한적이다.

두 사람은 동시에 벤치에서 일어나 젊은 안내원이 있는 곳으로 서둘러 향했다.

17

시어머니 집을 정리하기 위해 일을 너무 많이 쉬었다.

수입이 급감한 이유도 있고 매니저와 동료에게도 폐를
끼쳤다. 그래서 사월에 접어들어서는 모두가 싫어하는 토
요일과 일요일 출근으로 근무시간을 조정했다.

날씨가 좋은 탓인지 오늘은 손님의 발길이 잦아서 하루
가 눈 깜짝할 사이에 지나갔다. 모토코는 충실감을 느끼며
맨션의 엘리베이터에서 내리자 발길을 멈추고 주위를 둘
러보았다.

언제부터인지 곧장 집의 현관문을 향해 걷지 않고 넌지
시 눈으로 아오를 찾는다. 눈에 띄지 않을 때는 엘리베이

터 옆에 있는 어둑어둑한 계단을 살펴본다. 그곳에 움츠리고 앉아 있는 모습을 발견할 때도 많았다. 하지만 발견한들 딱히 무엇을 해 줄 수도 없다.

"안녕, 엄마는 아직 안 오셨어?"

"네."

늘 대화는 금방 끝난다.

안 춥니. 맨발이네. 배는 안 고파? 라는 말이 목젖까지 나온다.

하지만 그때마다 남편의 말이 떠오른다.

"상관하지 마."

남편의 생각에는 일리가 있다. 시골에서 자란 나는 도저히 이해할 수 없는 사람이 도시에는 많이 산다. 그리고 가정마다 사연이 있고 교육방침이 있다. 맞벌이 자녀라는 말은 이미 오래 전부터 있었다. 부부가 함께 일하는 소가족에서 아오 같은 아이는 보통이다. 오늘날 이런 가정은 너무 많다.

부모의 출근 스타일을 보는 한 가난해 보이지 않는다. 또 아무래도 고학력 부부로 보인다.

그렇다면 사다 둔 과자나 빵 정도는 있을 테다. 영양을 고려해서 비싼 그래놀라가 있을지 모른다. 하지만 아오는 공용복도에 나와 부모가 돌아오기를 이제나저제나 기다린다. 그래서 이쪽까지 안쓰럽다. 그냥 그뿐이다. 집에 들어가서 텔레비전이라도 보고 있으면 될 텐데.

내가 아이였던 시절에는, 더욱이 시골이면 이웃집에 가서 저녁을 얻어먹었을지 모른다. 실제로 모토코는 초등학생일 때, 같은 반 친구 집에서 종종 밖이 어두워진 것도 모르고 놀곤 했다. 그때 그 집에서 저녁을 먹은 적이 몇 번이나 있다. 하지만 지금은 이웃과의 교류가 희박해졌다. 그러나 시어머니는 달랐다. 예전의 교류방식을 이 시대에, 그것도 도쿄에서 지속하고 있었다.

어둑어둑한 계단도 살펴보았지만 오늘은 드물게 아오가 보이지 않는다.

맞아, 오늘은 토요일이지.

부모가 집에 있겠지. 아니면 가족이 함께 외식을 할지도. 그러면 괜찮지만 이전 토요일과 일요일에도 아오는 복도에 나와 있곤 했다. 물어보니 아오는 작은 목소리로 대답했다.

"아빠는 회사, 엄마는 오사카 출장이요."

집에 불이 켜져 있는지 현관문이 있는 복도 쪽에서는 알수 없다. 안의 상황을 살펴보려면 엘리베이터로 일 층까지 내려가서 정원 쪽으로 돌아가서 올려다보아야 한다. 아무리 그래도 그렇게까지 하고 싶지는 않다. 아오의 젊은 부모와는 대화를 나눈 적도 없고 그렇게까지 신경 쓸 연유도 없다.

이 맨션은 고급에 속해 층간, 벽간 소음은 별로 없다. 로비 게시판에 소음 민원 종이가 붙기도 하지만 대체로 어린 아이가 테이블이나 침대에서 뛰어내리며 놀거나 벽을 몸으로 부딪치는 정도이다.

이웃집 소음이 들리지 않아 스트레스를 느끼는 일도 적고 주거환경이 쾌적하다. 그러나 그러다 보니 아오의 상황을 전혀 알 수 없다.

가방에서 열쇠를 꺼내 현관문을 연다. 비닐봉투가 팔을 파고들어 아팠다. 퇴근길에 들린 마트에서 큰 무가 싸서 사고 말았다.

"다녀왔습니다."

그렇게 말하며 신발을 벗으려 현관바닥을 보니 작은 신발이 가지런히 놓여 있다.

누구 신발이지?

"어서 와."

그렇게 말하며 남편이 거실 문을 열고 현관으로 나왔다.

"어머?"

남편 등 뒤에 작은 그림자가 있었다.

혹시…….

"아오?"

"맞아"라며 남편이 쑥스러운 듯 웃는다.

모토코는 놀라며 남편과 아오를 몇 번이나 번갈아 보았다.

"토끼 보러 올래? 물었더니 보고 싶다고 해서."

남편은 시어머니를 닮은 것 같다. 사실은 아오가 걱정됐
던 것이다.

다행이다. 남편이 시어머니의 기질을 물려받아서.

"그런데 괜찮아요? 멋대로 데려오면 유괴했다고 하지
않을까?"

"메모를 현관 우편함에 넣어 두었어. 우리 집에서 놀고
있다고. 호수와 전화번호도 함께."

아오는 얌전한 얼굴로 모토코를 물끄러미 올려다보고
있다. 이쪽의 반응을 살피고 있는 것처럼 보여서 황망히

활짝 웃었다.

"잘 왔어. 이름은 뭐야?"

"후지타 아사히입니다."

"아사히, 좋은 이름이네. 자, 추우니 거실로 들어가자."

셋이서 나란히 거실로 들어간다. 무거운 비닐봉투는 남편이 번쩍 들어주었다.

"배고프죠?"

"미안, 아사히와 먼저 먹어 버렸어."

"뭘 먹었는데요?"

"토스트랑 토마토를 넣은 스크램블 에그랑 핫 밀크. 스크램블 에그는 당신 것도 만들었어."

"고마워요. 잘 먹을 게요."

"그런데 아사히는 토끼 보니 어땠어? 뚱뚱해서 깜짝 놀랐지?"

그렇게 묻자 아사히는 "네"라고 대답하고 쿡쿡 웃었다. 웃는 얼굴을 보는 건 처음이다.

"항상 어머니는 늦게 들어오시니?"

그렇게 묻자 순간 웃음이 사라졌다.

"엄마 혼내지 말아요."

"어머?"

남편과 얼굴을 마주보았다.

"엄만 열심히 일하고 있으니까요."

"알고 있어. 혼내지 않아. 좋은 엄마네. 대단하게 생각해."

그렇게 말하자 안심한 얼굴이었다.

분명 어머니를 책망하는 사람이 주위에 있는 것 같다.

"사과 깎아 줄까? 사과 잘 먹지?"

"네, 먹어요"라고 천진난만하게 웃었다.

셋이서 꿀이 든 맛있는 사과를 먹고 있는데 벨이 울렸다.

인터폰 화면을 보는데 "엄마다"라고 뒤에서 보고 있던 아사히가 말했다.

집에서는 뛰지 말라고 말했는지 아사히는 양말 신은 발로 쓱 미끄러지듯 소리를 내지 않고 현관으로 갔다. 그 뒷모습이 말할 수 없이 익살맞고 귀여웠다.

문을 열자 몸집이 작고 가냘픈 여자가 서 있었다. 감색 정장의 가슴께에 센스 있는 스카프가 얼핏 보인다.

"옆에 사는 후지타라고 합니다."

"엄마, 다녀오셨어요"라고 아시히는 힘차게 말하며 신발을 신으려 한다.

"아사히를 돌봐 주셔서 고맙습니다."

상냥하게 대하려는 얼굴에서 피로가 배어났다.

"멋대로 데려와서 죄송해요"라고 모토코가 사과했다.

"아니에요. 전혀 그렇지 않아요. 집안에 있으라고 몇 번을 말해도 엘리베이터 주위를 서성거려 저도 걱정했어요."

"제가 데리고 왔습니다. 아사히가 추운 것 같아서"라고 남편은 온화한 웃음을 지으며 말했다.

"저녁도 간단히 함께 먹었어요. 토스트와 토마토가 들어간 스크램블 에그와 핫밀크요."

"어머, 그렇게까지 해 주시다니……."

주제넘은 짓을 했다며 화를 내지 않을까 했는데 내심 안도한 듯한 얼굴이다. 다소 온화한 표정으로 변했다.

"아사히, 좋았겠네. 너도 고맙다는 인사를 해야지."

"난, 벌써 했는데"라고 입을 삐죽이며 어머니의 다리를 두 손으로 감싸며 안겼다.

"괜찮으시면 잠깐 올라오시지 않으시겠어요?"모토코가 말하자 "네?"라며 내심 놀란 듯 눈을 크게 뜨고 이쪽을 바라보았다.

집안을 보여주는 편이 좋다고 판단했다. 또 앞으로 아

사히가 놀러올 때가 있을지 모른다. 집안을 보여주는 것과 그렇지 않은 것은 어머니로서 안도하는 마음이 전혀 다르다. 집이 지저분하면 아이를 다시는 보내고 싶지 않을 테고, 청결하고 따뜻한 분위기의 집이면 어머니도 안심할 것이다.

그러나 판단 기준은 사람마다 제각각이니 어머니가 자신의 눈으로 직접 보고 판단하면 된다.

"엄마한테 토끼를 소개해 드리렴"이라고 남편이 말한다.

"엄마, 여긴 토끼가 있어요."

"어머, 그래?"

"토끼가 엄청나지? 보여드리렴."

"어서 들어오세요"라고 슬리퍼를 권했다.

"아, 네. 그럼 실례하겠습니다."

거실에 들어가자 어머니가 말했다.

"집이 아주 좋네요. 저희 집과는 너무 달라요. 저희 집은 어질러져 있어서……."

"바쁘실 텐데, 어쩔 수 없는 일이죠."

모토코가 그렇게 말하자 그녀는 멋쩍게 웃었다.

"얘가 토끼에요? 아주 크네요."

"엄청 크죠? 엄마, 깜짝 놀랐죠?"라고 아사히는 자신의 공인 양 의기양양한 표정을 지었다.

"아저씨, 토끼를 보러 또 와도 돼요?"

"그럼, 언제든지 오렴."

"정말 고맙습니다"라고 그녀도 기쁜 표정을 지었다.

아사히와 어머니가 돌아가자 남편이 생각난 듯 말했다. "참 당신한테 소포가 왔어."

"나한테? 내가 뭘 샀었나?"

"아니, 미키한테서."

창가에 있는 소포는 작았지만 무거웠다.

뜯어보니 손바닥만 한 크기의 수첩이 몇 권 들어 있었다. 검은 인조가죽에 고향집 근처의 신용금고 이름이 금박으로 인쇄되어 있다.

얇은 봉투가 한 장 들어 있었다. 안에서 핑크빛 꽃무늬 편지지를 꺼내자 파란색 잉크로 유려하게 쓴 필체가 눈에 들어왔다. 미키의 글씨다.

그 후로 건강하게 잘 지내고 계시는지요.

저는 그럭저럭 잘 지내고 있습니다.

창고를 정리하는데 어머님 수첩이 나왔습니다. 남편에게 상의했더니 누나에게 전부 보내라고 해서 이렇게 보내드립니다.

저는 어머님을 존경했습니다. 어머님처럼 자기중심을 확실하게 잡고 있는 여성이 되고 싶다고 오랫동안 생각했는데 아무래도 어렵습니다.

이번에 이사를 한 맨션은 협소하지만 모든 게 최신식이어서 사용하기 편하고 쾌적하게 생활하고 있습니다. 꼭 한번 놀러 오시길 바랍니다. 남편이 정년퇴직한 후에는 도쿄로 이사를 하니 그때는 여러모로 많이 가르쳐 주시길 바랍니다.

어머니 수첩을 훌훌 넘겼다.

그날 있었던 일이 간략하게 한두 줄로 적혀 있었다.

모토코가 태어난 해부터 어머니가 죽을 때까지 거의 사십 년 분, 즉 마흔 권이 있었다.

내가 태어난 날의 페이지를 넘겨 보았다.

첫째 아이 태어남, 모토코라고 이름 지었다. 이로써 내

인생에서 고독이라는 말이 사라졌다.

가슴에 아련히 파고든다. 나도 첫째를 낳았을 때 똑같은
생각을 했었다.

다음날 메모를 읽는다.

얼마나 귀여운지. 스스로 자립할 수 있게 키우고 싶다.
그러기 위해서는 너무 간섭을 하지 말 것.

갓 태어났는데 벌써 장래의 일을 생각하고 있던 듯하다.
그리고 벌써 어머니로서 자신을 자제하려 노력하고 있다.

어머니, 문장은 짧지만 가슴 깊이 와 닿아요.

내일부터 조금씩 천천히 읽을게요.

어머니가 어떤 일에 기쁨을 느끼고, 무엇에 화를 내고,
어떻게 슬픔을 감당하고, 어떻게 인생을 즐겼는지 알고 싶
어요. 일부러 남기신 거죠? 분명 그럴 거예요.

문득 그때 시어머니가 남긴 공책이 떠올랐다.

그만 쓴웃음이 배어 나왔다.

어머니는 무슨 일이나 간단명료하게, 시어머니처럼 장

황하게 글을 쓰지 않았다.

사람은 제각각이네요. 어머니는 무슨 일이건 남들과 비교하는 걸 싫어하셨지요.

어머니와 시어머니에게 많은 것을 배웠어요.

저는 행복한 사람이에요.

끝